國家圖書館出版品預行編目資料

聖誕老人的禮物／太宰治等合著
初版 .—桃園市：逗點文創，2010［民 99］
面；　公分 —
ISBN：978-986-86321-5-8　（平裝）

813　　99021216

言寺 04
聖誕老人的禮物

作　　者　太宰治、王離、印卡、汀汀、田袤、沒有鮮乳、李明宇、李雲顥、何亭慧、何俊穆、阿丹、枚綠金、林傑、神小風、連明偉、馬千惠、袁兆昌、徐至宏、徐嘉澤、徐旻蔚、孫得欽、孫梓評、陳阿怪、陳夏民、陳育萱、黃羊川、黃默默、黃瑜婷、黃彥霖、葉覓覓、雍小狼、曾谷涵、楊佳嫻、雷獸、亂舞罐頭、劉芷妤、鄭聿、鄭哲涵、翰翰、鯨向海合著
編　　輯　陳夏民．曾谷涵
書籍設計　Chris
出　　版　逗點文創結社
330 桃園市中央街 11 巷 4-1 號
commaBOOKS.blogspot.com
TEL　03-3359366　FAX　03-3359303
郵　　撥　50155926．逗點文創社
總 經 銷　知己圖書股份有限公司
台北公司　台北市 106 羅斯福路二段 95 號 4 樓之 3
TEL　02-23672044　FAX　02-23635741
台中公司　台中市 407 工業區 30 路 1 號
TEL　04-23595819　FAX　04-23595493

ISBN　978-986-86321-5-8
定價：新台幣 300 元
初版一刷 2010 年 12 月

聖誕老人的禮物
A Gift for Santa

圖／沒有鮮乳

編輯室報告

由於全球暖化，十二月或許感受不到冬天的寒意，聖誕節可能只存在於教堂與百貨公司，這個世界正以我們無法預知的方式改變著，但我們不也隨著年歲漸長而變成了另外一個人？

兒時，一次聖誕節過去，約莫會寄出、收到數十張卡片，就算篤信道教、佛教的爸媽不會準備聖誕大餐，頂多在床頭襪子裡塞進一盒蘇打餅乾，但我們還是能感受到濃烈的祝福以及被需要的感覺。

長大後，床頭不再掛上襪子，也收不到太多卡片，抽屜裡可能還擺放著幾張前年購買的聖誕卡，但不知道寫給誰。分享、付出的熱情逐漸淡了，且不知不覺趨於保留，心裡卻仍期待能在信箱裡發現一張靜靜躺著的卡片。

時間把我們推向另一面，但內心的指針卻指著相同的需求……

那麼聖誕老人呢？這位取樣於聖尼古拉斯主教（Saint Nicholas）的老好人，跨越了文化、種族界線，幾乎寫進全人類的集體潛意識中。數百年來他奔忙於煙囪之間，只爲了把禮物交給每一個好孩子，但一直付出關愛的他，心裡是否也期待著能收到一份禮物？

爲此，來自於文藝圈的好朋友們，不論輩分爲聖誕老人準備了禮物，也和讀者分享他們心中的聖誕節風貌，其中有感傷、有溫馨，有笑聲更有懸疑，是一本十分精彩的合集。

《聖誕老人的禮物》不僅獻給聖誕老人，也是逗點文創贈送給每一位讀者的禮物，希望能夠透過分享故事，來傳遞我們對於這個世界的祝福。如果某篇故事打動了你，我們歡迎你與朋友們分享，聖誕節（以及書內附贈的明信片）就爲了這個目的而存在，謝謝。

聖誕節快樂。

陳夏民

A Gift for Santa

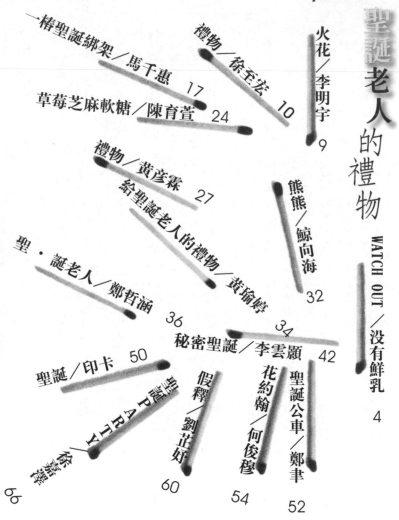

聖誕老人的禮物

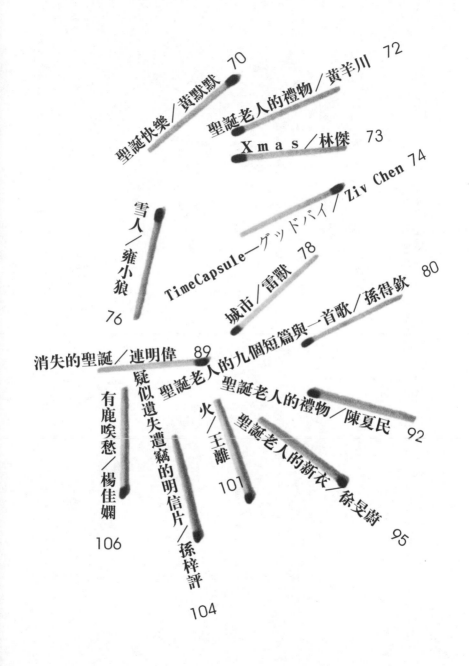

ee Mingyu

麋鹿的禮物

12月23日，麋鹿收到聖誕老公公寄來的禮物，
一雙真皮厚實的靴子，
麋鹿開心地盯著他的禮物，
以及附上的聖誕卡，
卡片上頭，微弱的字跡寫著「12/23聖誕快樂」
奇怪，聖誕老公公怎麼會搞錯了時間呢？
「會不會是老人癡呆了啊……」
麋鹿心中默默擔心起他的老朋友……

禮物／徐至宏

黑貓的禮物

12月23日，黑貓收到聖誕老公公寄來的禮物，
牠丟下手邊正在玩的毛線球，
興奮地扯開了禮物盒，裡面飄出陣陣的魚騷味。
這……是牠最愛的飛魚乾!!!!!!!
黑貓樂壞了，
完全陶醉在整間房間的魚騷味中。
「咦？」
但是，今天是23號耶。
「這老頭是不是忙昏頭搞錯了時間啊。」

前女友的禮物

12月23日，他寄來了一份禮物，
上次見面已經不知道是幾年前的事了，
回想起與他的過去，還是充滿美好回憶。
原以為不會再想念，
打開禮物盒，是一條寶紅色絲質內衣，
沒想到，他還記得我最愛的顏色，
心中百感交集，
該去跟他見一面嗎？

雪人的禮物

12月23日，雪人收到聖誕老公公寄來的禮物，
當他僵硬的手指頭觸到溫暖柔順毛衣那瞬間，
雪人開心地笑了，
「這就是幸福的感覺啊……」
他將毛衣往頭頂上套。
「咦？」是尺寸太小了，還是我頭太大了。
總之，完全穿不下。
雪人默默地把毛衣脫了下來，
「嗯。」
明天去找聖誕老公公換個禮物好了。
雪人心中默默盤算著。

聖誕夜

12月24號，
大伙不約而同地往聖誕老公公家出發，
聖誕老公公在家裡，
開心地哼著歌，
他已經生好爐火、煮了一桌的火雞大餐，
還把家裡的麻將桌拿了出來，
算準時間，站在門口等待，
彷彿早就知道大家會來一樣。
一如往常的笑容迎接著大家
「大家聖誕快樂啊！！！！！」

這天，見到好久不見的朋友們。

聖誕老公公的禮物

已經好久沒有這樣開心大笑，

大伙在一陣酒醉後，

全部倒在地上呼呼大睡，

已經心滿意足了，

聖誕老公公心裡想著。

今年，他故意提早一天發送禮物。

12月24日，這天，

是聖誕老公公自己偷偷留給自己的聖誕禮物。

聖誕綁架一樁

馬千惠

我必須承認活了數百年或數千年——一切全然決定於你們從何時開始想像我存在——就沒想過會遇到這檔荒謬事兒。不過我知道的荒謬事兒說起來有些真令你們臉紅，你知道的，許多不適合爸媽在床前唸給孩子聽的。我也知道很多我的同業他們的下場，最可怕的一樁是魯道夫三百八十二號。如同我們曾受過的無數訓練，以及聖誕老人手冊中第十章「行動」裡的第一條：打開煙囪，跳下去——你們在感恩節吃不吃烤火雞？烤聖誕老公不知道滋味如何？他後來怎麼樣了？麋鹿群送他回來時我幸好不在場，看過他的人後來都請調到別的節日。寧可穿著巨大兔子裝跳來跳去當白癡，也不肯再揹著白色禮物袋分送禮物。

還有魯道夫七十三號——自從他遇過那樁事之後，立刻辦了退休手續，現在仍天天服用過量巧克力。搞得他頂頭上司申誡了他兩次，還得進巧克力勒戒所才行。到底甚麼事來著？槍？還是另一個以爲他是小偷的爸媽？噢我想起來了，是名單上毒販的乖小孩。壞爸媽也會出好小孩，但我們只看小孩而不看爸媽，這是聖誕老人的職業道德。魯道夫七十三號跳進她家，看見一群拿著槍對著他的穿制服傢伙。麋鹿毫無良心地逃之夭夭，而他那大禮物袋還馬上被沒收。你說說，遇到這種事，被當成毒販還被那些穿制服的傢伙送進監獄蹲了兩個月，怎麼能不酗巧克力？他們還說他——甚麼來著？噢，跟「變狼症候群」患者差不多，是「聖誕老人幻想症」。說他嗑藥，全套身體檢查大刑伺候，好像、好像連那害羞的……都看過了。在純潔的聖誕世界裡，安非他命或海洛因是不存在的。就連最無害的煙草都是禁制品。我知道有些小精靈偶爾偷偷抽兩根菸。不過後來他們都自動請調到中國。據說中國有一個月放出妖魔鬼怪到人間HAPPY HAPPY，人間只要有MONEY MONEY，甚麼都弄得到手。偶爾有些小精靈不小心成長，立刻強迫轉到別的節日部門：萬聖節或情人節。嗚，看過情人節那些傻兮兮脫光光屁股包著尿布拿著一把弓箭背後還揹著毛茸茸翅膀的精靈，真會對咱們部門的精靈生活感到愉快。至於萬聖節？你想想該是腦袋的地方老是長著一顆南瓜，那滋味會有多好？

聖誕節當然是絕對聖潔純真，那種純然的美好來自母親——天知道瑪麗亞根本不是在這天生下耶穌，但是以訛傳訛——如今這節日被賦予了太多意義。對孩子而言這是聖誕節，是可以得到禮物的一天；對情侶而言，這大抵是賓館與S開頭那個字的節日——有沒有誰統計過聖誕節之後十個月出生的孩子數量？在人類的想像裡聖母瑪利亞在這天產下耶穌，在現實世界裡這天讓很多人當了老媽。

唉，我真想念那傢伙。魯道夫七十三號真是個有趣，我從他那兒知道不少人間的事。但，現在緊緊抱著我大腿的小傢伙可絕對不在他告訴我的事之內。

「不要走！」那小鬼緊纏著我，「聖誕老人不要走！」

我無奈地看了看錶，窗外一隻麋鹿的大眼對我焦急的眨著。是是，再不走就來不及了。我今天可負責台北這一區的。可是這小鬼死巴著我，怎麼甩也甩不了。另一隻麋鹿舉起蹄子，她蹄子上別了支錶。要命。「我一定要走，乖——」我試圖推開他：「還有工作要做呢。」

「不要！我不讓你走！」我聽到不祥的撕裂聲，低頭一看，現在小鬼頭也太強壯，我的褲子上居然出現一小道裂縫！我對麋鹿氣急敗壞地搖頭，試圖移動雙腿，拖行小鬼走到落地窗前。但是當有個接近四十公斤的重物綁在腿上時，移動對我這把老骨頭而言非常之困難。不過感謝現代建築技術的進步，不用從煙囪進出真是德政一樁。

我勉強走了幾步，氣喘吁吁地放棄。好吧，我看我先搞清楚這腳鐐想幹些甚麼。「要我留下來做甚麼？好孩子不只你，有很多好孩子呢！」我指指放在沙發上的禮物：「而且你的禮物我已經給你送到了，快、快去拆開啊。」我誘哄著他，哪個小孩能抗拒拆禮物的誘惑？快快快快滾蛋！

小鬼堅定搖頭。我預感這一夜將會很長。「我不要禮物。」

我忍住七十三號教我的一個A開頭的髒話。「那你要甚麼？」

「我要綁架你！我看過電影！」小鬼眼睛晶亮亮。「據說聖誕老人會實現願望，而且聖誕夜會發生奇蹟！」

該死的好萊塢。「那是穿著黑色保母裝又拿著黑雨傘唱歌的女人，要不然是那種關在油燈壺裡得了幽閉恐懼症的紫色大塊頭幹的事。這跟聖誕節沒有關係。」

「不！聖誕節會發生奇蹟！」他堅定得要命——當然是要我的命。我看了看鐘，在每一家放禮物的時間不能超過一分鐘，現在已經超過十五分鐘。好吧。今年我休想拿到「最佳聖誕禮物分送獎」了，不過我應該可以拿到「最佳笑容獎」。唉。

「你為甚麼希望發生奇蹟？」我從禮物袋裡摸出一疊資料，找到小鬼：王智偉，今年三歲半。三歲半就這麼重？下次請上司把我調到孩子們都瘦一點的地區。現在孩子這麼小就在看電影？不知道爸媽怎麼教的。不過很多孩子這年齡已經不相信聖誕老人存在了。唉。

小鬼抱著我（仍然是腿），低下頭想了想。「我想要爸爸回來。」

「他怎麼了？」隨著時代改變，我們收到的禮物清單也越來越莫名奇妙：有些孩子希望聖誕老公公能送他一顆被打爛的狐狸精牙齒（這是他媽代筆的吧？），或是割掉誰的耳朵（這是聖誕節啊！）。每次小精靈們收到這樣的願望，全都會驚聲哀嘆一番。當然我們不能送這些東西，聖誕節部門不提供報復行爲。

他看著我，「爸爸在醫院。在很遠的醫院。媽媽說他摔了下來，從很高很高的地方，在工作時摔倒了。」

直到現在我才抬起頭打量這個家。幾乎可說空蕩蕩的，只有一張沙發跟一張桌子，沙發上面放了一個禮物——我放的。「你媽媽讓你一個人在家？」

「醫院打電話來要媽媽過去。」他低下頭，聲音變得很小很小。「媽媽哭了。媽媽出門時我也想跟，但是她不要我跟。只叫鄰居阿姨照顧我……」他聲音變得更小：「鄰居阿姨抱著媽媽哭，但是要媽媽別哭了，因爲媽媽還有我……」

會在聖誕節部門工作的人多半都喜歡小孩，我也不例外。尤其還是個忍著眼淚的小孩。我拍了拍他的頭，「但是不能這樣就要綁架我啊。」

「我看過電影！」他急切地抬起頭，雙眼晶亮：「綁架你，綁架你就會發生奇蹟！爸爸媽媽都會回來！」

「爸爸媽媽回來然後？」我指指我的大鼻子：「被綁架的我之後該怎麼辦？」

小鬼挑高眉毛，狀似思考：「我在阿嬤家看過啾吉，說不定媽媽會答應我把你跟啾吉養在一起，好不好？」

「啾吉是甚麼？」

小鬼指了指桌子，我走過去才發現塑膠墊子底下壓著一張照片。顯然我的未來必須跟一隻流口水的呆頭混種狗一起住。照片中還有一男一女跟小鬼，這家人看來是相愛的。我感覺有隻無形的手將我的胃像扭抹布一般擰扭。好久沒有這種感覺了。

窗外飄進音樂，小鬼跟著唱起來：「今靠杯今靠杯，今天真靠杯。」不知道他在唱甚麼，但歌詞全錯——你實在不能要求一個三歲孩子，對不對？

我對他微微一笑。「我不能答應你，跟狗住在一起。」他嘴巴馬上撇了下來，眼淚迅速聚集，「但我能答應你，讓你爸爸回來。」

「真的嗎！」他放開緊抱的雙手，高興地尖叫：「爸爸要回來了！聖誕節會發生奇蹟！聖誕老公公我愛你！」

我看他歡喜地跳來跳去，「可是我有一個條件。」

「甚麼？」他停下尖叫，望向我的眼神充滿疑惑：「電影裡沒有這一段。」

「不難——」我笑著，「我只要你站到這裡——」我打開白色的禮物袋，裡面沒有任何禮物。我讓柔軟的布料整個平攤在地板上。我指著禮物袋的正中圓心，「一分鐘就好。」

「我爸真的能回來？」他問，我堅定點頭。「只要一分鐘？」

「對。」我微笑，聖誕老人的微笑總是非常有說服力。「甚至不到一分鐘。」

他看我的眼神像是看著最大盤的巧克力蛋糕，全然信任地走到禮物袋中央，上一秒還站著，下一秒已經整個人癱軟在禮物袋上。我拎起禮物袋，順手抄起禮物。打開窗跳上我可愛的雪橇。麋鹿之一轉過頭對我噴氣，意思是「你這愛拖時間的老東西！」我對他們擺擺手，「回去聖誕節部門。」

那隻轉過頭的麋鹿盯著我，他是領頭，他不動其他都不會動。我看得出他眼底的疑惑。如今已經很少聖誕老公公這麼做了。這世界越來越不相信這些：神燈巨人、復活節兔子、聖誕老公公，這些部門不停地裁減人員。人類世界說的不景氣也發生在我們身上。凱爾特地精不再拿妖精換嬰兒，因為他們即將消失。而我們的部門也不再需要聖誕精靈——如今的這些已然夠用、太夠用了，再綁架一個回去只是浪費糧食。

可是我記得那樣的恐懼，失去的恐懼。

許久許久以前，我還是人類的時候。我曾有深愛的女子與孩子，如最最普通的父親，我只想照顧好家人。但是在聖誕節這天我的孩子卻踩破薄冰掉進湖中死去。我一樣許願。是七十三號救了我。當我站在禮物袋裡，所有的記憶都消失——你一定會疑惑那我為何會記得我曾有過家人。出自一場意外，我們的頂頭上司不小心將我的「家」劃入我將要分送禮物的區域。當我愛的女子一看到我——她那時已經非常、非常老了——仍然認出我來。而我的記憶也在接觸到她的藍眼睛時，一點一點甦醒。

七十三號說：「你以為聖誕老人那麼好當，你想走就走嗎？」他縱使退休也不能離開聖誕節部門，更何況是我？交換了一條生命，必須償還多久？所有的聖誕老人只有聖誕夜的這一晚能離開聖誕節部門，其餘時候都必須困在那雪白的監獄裡。等待。等待一個夜晚。一個能瘋狂駕著雪橇的夜晚。我總是趁著這一夜，奔回我以前的家，看一眼我的女人。我的孩子。那個用生命交換來的孩子。可是他們很快就消失了，生命總是太短。而禮物永遠那麼多，只是那都是別人的禮物。那當中不會有屬於我的禮物。

我抱了抱白色禮物袋。孩子，你夠幸運的話，一點記憶也不會留下。你將不會記得你的父母，你將以為你一出生便在這永遠的聖誕節裡，在那白色的監獄裡，為他人的幸福快樂提供禮物，一直作一直作，聖誕節的精靈是不會老去的。他們將永遠純潔，永遠可愛，永遠長著小小尖耳朵，直到他們可能受到汙染。

或者，直到人間遺忘。

屆時我們會緩緩地蒸發，我可以閉上眼睛，等待想像中的天堂。那裡有除了白色之外所有的顏色，那裡不會有禮物，那裡我可以不再呵呵地笑，那裡有……我的家。

我從沒問過七十三號，我沒問過他有沒有想念的家人，有沒有一個等待他的人。每個聖誕老公公肚子裡都懷著巨大的秘密，只要拆開他的腰帶，祕密會像油一般淌了滿地，誰踩到誰就滑一跤。我們之間的對話永遠是「今天好嗎？」「今天好。」「明天好嗎？」「明天好。」很偶爾我們會交換起人間的資訊，但每個人總是只有一個夜晚的資訊。我多麼羨慕七十三號可以在人間呆上兩個月！

如今我能去的地方只有一個。「回去吧。」我對領頭麋鹿說：「回去聖誕節部門。」永恆聖潔雪白可愛無暇的地方，永遠天真。三百六十五個日子裡唯一一個美麗的日子。

聖誕老人唯一出現的一日。

領頭麋鹿昂起巨大頭顱，噴了口氣，舉蹄往月亮奔去。夜很黑，我看著前方，沒有任何星星，只有一輪巨大的月亮。我感覺懷中的白色禮物袋微微小小地起伏著。我低下頭，緊緊抱住他。孩子身上有種柔軟的乳香，甜甜的氣味。是橙與牛奶與肉桂，是聖誕節的氣味。我的孩子也曾經有這樣的味道。冷風颳過我的鬍鬚，月亮的輪廓越來越清晰。親愛的孩子，你永遠不會知道，我們正往月亮的方向奔去。

草莓芝麻軟糖

陳育萱

小比目前唯一的嗜好就是吃糖，硬得牙快咬斷的棒棒糖，向來不是他一把鼻涕一把眼淚哭求的對象。每次有機會繞進百貨公司，他就開始奔跑，穿梭在兩列兩列堆滿食物的架子間，閃躲前方推車，豎耳傾聽語帶威脅的吼叫聲，在指尖快碰上他的屁股，給他一頓好揍時，他又滑至四望只見泡麵包裝的區域，不見人影。

這天，當初帶小比進門，一起聽見歡迎光臨並且也同時期待小比能相安無事邁出大門，讓店員滿心歡喜說聲謝謝光臨的那人，轉身將貨品交給店員暫時保管，在地板上敲出極輕微的細響，臉龐不時被高聳的貨品架擋住真實的心情，覷著，一對眼撩高視線，像個在矮波密林間預備好獵槍，準備瞄準那區最有可能藏匿鳥群的獵手。

老到，精準，毫不動搖。

結帳處，一對哇哇大哭而顯然是還不到上小學年紀的孩子，震天作響，從天花板垂掛下來的金色彩帶，不曉得是不是因而晃得比之前厲害。扶著推車的母親，皺緊眉頭，擠壓著臉部，以防做出更駭人的舉動。

「這次買給你們，不准、再、哭！」

施下魔咒的話語，起落之間，一併消除了店員方才的不耐，開始順暢起來的結帳區，列在後頭排隊，一位位攤著肚子，衣角被扯住的父母們，嘴角不自覺地下降，不約而同地瞪了孩子幾秒。

小比身處在戰區之外，他已經懷中抱著可能藏有第二十張藏寶位置的糖果桶。桶子隨著他身軀擺盪，清脆的跳動，將金屬桶只盛裝稀薄內容物的事實，一路昭告了起來。除此，他走過四周堆滿衛生紙的貨品架間，專心捧著手中糖果桶的意識，忽然，頓時警覺起來。他先把頭側邊，投出遲疑的視線，在他的觀察之下，左側空得可以打滾的走道，目前一個人都沒有。於是，他邁步向前，雖還不能像是他所崇拜的運動明星，以接受萬眾喝采的程度，前進至最嚮往的地方，不過也差強人意，小比注意到結帳區成列的小孩，嘟起的嘴巴都能掛豬肉了。

小比已經想好了，等一會兒要說，這是他提前領出的生日禮物，去年得到允諾，今年他能自己挑件喜歡的禮物。他想像回家衝進自己木板小閣樓，踩得吱咯吱咯，把黏在封口的膠帶撕開，黏澀的指腹伸進桶內，抓出兩顆豔紅色的糖。草莓口味，跟一般真的草莓大小沒什麼兩樣，甚至上頭滿載的芝麻。小比被糾正了不只一次，「這是草莓果實，不是芝麻。」小比把一顆草莓軟糖扔進嘴裡，疊起那張亮片包裝紙，還是沒有接受，「明明這是芝麻」，小比喜歡靠在頂樓窗台，咀嚼草莓芝麻軟糖。

「喏——我們買這個好不好？」

在衣領被揪起來的同時，小比仰頭期望地問著。

衣領放鬆下來，小比的手被牽著，穩穩地走出零售店門口。外頭吹起的風，讓這一對人影不約而同地發抖，都十二月的風了。

坐上腳踏車後座，沒買到任何一顆草莓軟糖的小比，緊緊環抱著，嘴抿得厲害。

這天，他們回到家，分食了火鍋，切好的青菜、豆腐和四包一百元的火鍋料，塞得毛細孔都熱暖暖的。小比幫忙將洗好的碗放進碗櫥時，看著原先裝滿軟糖的罐子，空蕩得很。正當小比準備拿起空罐，上下搖晃時，他被叫住了。

「我們去看媽媽好不好？」

小比再度坐上腳踏車，顛簸的路，沿途上坡，整條路上，似乎只聽得見爬坡發出的喘息聲。等腳踏車停妥，他們徒步往上，小比覺得這兒擁擠，跟他印象中的零售店差不多，只是更冷。他的腳被草扎得有些疼。

「來，跟媽媽說話。」小比手心放上一籃鮮紅色的水果。

「草莓耶……」

小比內心歡呼了一下，對著母親報告最近發生的事，跟誰打架，還有，剛剛沒買到的草莓軟糖。

側邊由樹林深處刮起的風，攜來枯枝燃燒的氣味，讓小比提早在心中結束了跟媽媽的對話。

「都說完了嗎？」

小比的手給拉起，讓小比因爲粗糙的掌心而發笑。

「我們趕快回家啦，我想吃草莓。」

小比跳上腳踏車，回頭望著，震盪著的腳踏車後座之後的風景，那已然模糊而緩慢的路。

「爸爸，我們這次慢慢吃草莓喔，你不要一次吃光。」

哈哈哈哈哈……

聽見前座發出的笑聲，小比不甚放心地又問一次，「爸爸，一天只能兩粒喔，爸？」

小比專注想著媽媽規定一天最多兩粒的口氣。

已經開始加速車輪轉速的父親，沒有再回答小比，而小比也不曉得，這天他費了一番工夫卻沒買成的，早就放在屬於他的閣樓窗台旁的長襪裡，包裹在亮片紙內的草莓芝麻軟糖。

禮物

黃彥霖

自從臉上的傷口好了之後，魯道夫每天早上都帶禮物來給我。白天，牠睡在客廳的沙發上，把粉紅色的醜鼻子埋進兩掌之間，整個身體縮成一團毛球，除了偶爾當我窩在旁邊看書時，牠會茫著一張睡臉靠過來取暖之外，完全不會黏人。到了傍晚太陽下山牠就醒來，伸伸懶腰，打幾個哈欠，然後跳上後陽台的窗戶離開，直到隔天早上才回來。

牠通常都把那些奇怪的貢品擺在餐廳桌上，一開始是一些小動物或昆蟲的屍體，斷了尾巴的壁虎啦、老鼠、蟑螂、倒楣的蝙蝠等等，通常若不是已經死透就是被玩弄得奄奄一息。牠會把它們放在我常坐的座位前面，然後自己直挺挺地坐在一旁，張著兩隻黃眼睛，等我起床驗收，彷彿我會因爲收到這些東西而感到高興。每天早上，當我刷完牙之後從浴室出來，我會先摸摸牠的頭算是道謝，然後跟牠說，因爲我不吃這些東西，所以以後可以不用再帶來給我了。然後從廚房的櫃子裡拿出貓糧，倒一些在牠的白色小碗裡，看著牠吃完，喝了水，蜷回客廳的沙發上睡覺，才把餐桌上的禮物拿到院子裡丟掉。這樣的行程週而復始，從深秋到初冬，已經持續三個多禮拜了。

遇到魯道夫那天是十月底的某日，就在我決定避開所有人，搬到新店山上這個小社區開始新的生活之後沒有多久。那是很難熬的一天，不到中午我就吃光了家裡所有的食物，兩個冷凍牛肉漢堡、一盒快過期的草蝦仁、一包義大利肉醬水管麵、半隻沒烤熟的雞、十幾支德國香腸，外加兩罐一點五公升裝的酸梅蕃茄汁。我整個人裹著毯子縮在沙發上，四周圍滿待清洗的餐具與碗盤，還是隱隱約約感到飢餓。我打電話到基金會，在等待語音系統轉接的同時，一邊用手按摩不斷發癢的牙齦，以及因過度使用而感到僵硬的下顎。基金會的人在電話裡說至少得到晚上七八點才有辦法派人過來，我一邊發著抖一邊把電話掛上，跑進浴室用力地刷牙。到了下午五點多，在我終於忍不住，穿了褲子外套準備上街時，剛打開門就看到一隻貓癱在大門外的腳踏墊上，頂著不知道被什麼東西刮花了的臉，對我虛弱地喵叫。我有點被那景象嚇到，不知所措地愣了一會，然後才趕忙把整張沾了血的踏墊都拖進屋子裡。晚上，基金會的輔導員終於提著幾大袋的存糧過來時，很好心地帶著魯道夫下山找獸醫，不過我婉拒了她派人看守我的提議。

魯道夫的傷勢實際上沒有看起來那麼嚴重，輔導員轉述獸醫的話說，應該是在求偶時被其他貓給弄傷的。牠從額頭到後頸再到背上那些大大小小的咬痕，一兩個星期就復原得差不多了，右臉頰的三道疤痕好了之後雖然毛長得稀疏了一點，但也還算性格。傷得比較嚴重是鼻子，被刮掉一塊皮，本來應該覆蓋白色細毛的地方變得光禿一片，只露出底下的肉，像被燒熱了的鐵那樣紅紅的。

在傷口完全癒合之前，魯道夫花非常多的時間在睡覺，難得醒著的那幾個小時裡，吃過飯、換過藥之後，牠便戴著伊莉莎白頸圈，頂著紅色的鼻子，像個觀光客那樣在房子裡四處遊蕩。牠先會把每個房間都巡視一遍，然後坐到我面前，看我吃東西、刷牙，或是和我一起朝著窗外發呆。離群索居的日子並沒有那麼好過，我偶爾對坐在旁邊的魯道夫說話，牠也就是靜靜地聽。有一次聊到出神了，當輔導員開門進來時，我跟魯道夫都沒有發現，我是看到留在玄關的日用品及便條時，才知道原來她來過。她在便條上提醒了下次的諮商時間，並要我再考慮一下把自己的狀況告訴家人，最後，她鼓勵我把魯道夫留下來。

拿下頸圈的那天晚上，魯道夫一回到家就從後門溜走了。我接過輔導員手上的袋子，走到廚房，把食物一一放進冰箱。那時我感覺心裡有一點酸酸的，不過也只持續到隔天早上看到牠坐在牠帶來的禮物旁邊爲止。

我不確定魯道夫每天晚上外出夜遊到底是去做些什麼，除了每天固定送給我的小東西之外，有時牠也會帶著新的傷口回來。都是些很小很小的傷，有時頭頂多了一道爪痕，或是耳朵上有了新的結痂，彷彿是牠自己不小心抓破的。我從沒養過什麼寵物，也不懂貓，但當牠在沙發上捲成一團呼呼大睡時，看起來似乎是在說這沒有什麼好擔心的，想過自由的生活本來就要付出點代價。我伸手搔牠的肚子，再摸摸鼻樑上那塊紅色的疤，牠就在睡夢中發出呼嚕呼嚕的聲音。

魯道夫很快就知道我對動物屍體沒有興趣，轉而送我各種樹木的落葉、松果、幾朵小花或是野生的香菇。有一次牠甚至叼了一整截的橄欖枝回來，但因爲那截樹枝太長了，導致牠從外頭要跳上窗口的時候不斷撞到窗沿，連上餐桌的時候也跌了兩次。我照慣例倒了水和貓糧給牠，摸摸牠的頭說謝謝，然後把那截樹枝插進一只空的威士忌酒瓶裡。那天早上，魯道夫在窩進沙發睡覺之前盯著我看了許久，似乎在想我是不是真的喜歡這個禮物。

最近，魯道夫捨棄了植物類的禮品，開始帶回來一些更莫名其妙的東西。

上個星期三我收到一只黑色的護腕，毛巾材質的那種，上面黏了半圈的灰塵以及被魯道夫含在嘴裡時沾上的口水。星期四，在我徹夜未眠終於還是被母親掛了電話之後，躺在餐桌上等著我的是一只毛線織成的襪子，紅色和綠色的格子相間，看起來像是根本不像是有人會拿來穿的那種，同樣沾滿灰塵和口水。星期五，在我和輔導員的共同見證下，魯道夫從屋子外面拖回來一條灰色針織綿的男用四角內褲，牠花了幾分鐘把它終於放到餐桌上，一如往常地在旁邊蹲坐下來，等待驗收。六日週末，我把通往後陽台的門關起來，在家裡等了兩天，沒有憤怒的鄰居前來領取失物。星期一，從我起床開始，魯道夫就賴在後陽台的門前，一邊用前腳抓門板，一邊不停地喵喵叫。

我煎了培根和幾顆蛋當作早餐，吃完早餐後，我把盤子洗乾淨，放到烘碗機裡，然後才打開後門讓魯道夫出去。現在不是應該是你睡覺的時候嗎？我對顛著屁股往外走的魯道夫說。牠似乎是聽到了我說的話，站在窗台上回頭看，然後又往外面跳去。我走到窗邊，發現牠坐在外面地上，對我輕輕地叫。我們對看了一會，魯道夫起身往房子後面那條小路的方向走，走兩步又回頭對我叫。我回到屋子裡，穿上外套，決定去看看牠要去哪裡。

這是我兩個多月來第一次踏出家門，冬日早晨的新店山區充滿薄霧，空中的濕氣夾帶低溫輕輕擦過我的臉頰。我繞到屋子後面，魯道夫仍在等我，紅色的鼻子在一片深色灰綠的畫面中顯得特別突出。牠的瞳孔因爲接觸到光線而縮成一根針，我感覺自己的也是，久違的陽光雖然沒有溫度，但照在臉上時仍讓人感到不安。魯道夫摩蹭過我的腳邊，示意我往小路上走。

小路通向的是社區最外圍的那棟透天厝，路旁長滿油桐。因爲再下去就沒有路了，所以這裡少有人來，一個禮拜大概只有一兩台車會經過。魯道夫帶我走到房子左側，對著二樓的一個窗戶喵喵叫起來。一個白色的腦袋從窗口探出，又縮了進去，過沒多久，一隻白色的公貓推開一樓窗口，從裡面鑽出來，嘴裡叼了一條德國煙燻香腸。

白貓把香腸放在魯道夫前面，然後親暱地在魯道夫脖子上摩蹭。魯道夫先是沒理牠，叼起地上的香腸向我走來，兩隻前腳趴在我腳上，伸長了身體，要我收下。我愣了幾秒，才彎腰摸摸牠的頭，拿走今天的禮物。然後就聽到屋子裡傳來一陣奔跑的腳步聲。

「你今天也太過分……」

一個年輕的男人突然出現在窗口，正要對白貓破口大罵，但因爲看到拿著香腸站在外面的我而整個人愣住。我和他就那樣對看了十幾秒，他穿了一件紅色套頭毛衣，頭髮削得短短的，臉上有種很複雜的表情。

讓我們回過神來的是魯道夫和公貓打鬧的聲音，我和男人同時轉過頭，看見兩隻貓一邊打架一邊興奮地呼嚕呼嚕叫，雙雙滾進草叢裡去。我和他都不好意思地笑起來。

男人盯著我的臉好一會，然後問：「你想吃早餐嗎？」

我很害羞地點了點頭，他便高興地笑了，露出兩顆漂亮的虎牙。

我看著他，感覺自己的牙齦正微微發著癢。

熊熊

鯨向海

兩隻熊抱著
他們的冬眠期
毛茸茸的
冒著煙（掩面）
手心互捏，喔喔（幻想）
寒風吹過曠野的空景畫面……
聖誕老公公也是熊
（咦）
自己就是
對方想要的聖誕禮物
（大誤）
汗水淋漓的脂肪啊
（灰熊棕熊北極熊大雄鐵雄……）
層層相撲對峙
終於靠背靠腰（淚奔）
在一起的感動

（戳）
他們的吻與夢
不可兼得（菸）（茶）
肌肉骨骼
凶猛起來
陽剛翻滾著（羞），金剛低吼著（跪）
未有雄偉的森林作掩護
卻有鮭魚迴游泉湧之蜜……
驚醒了
仍可感到
彼此大火
（滾）
在清晨覆雪的市聲之中
窗外天色是迷霧散去的一陣神秘（囧）

給聖誕老人的禮物

黃瑜婷

她準備的是
一根捻熄的菸，三隻水溝裡的肥碩老鼠
他堆了一排磚頭
把門口的冷風擋住

小孩甲決定說出自己的秘密：
他暗戀的同班男孩已經死去
而小孩丙
脫下長襪，把自己另一隻腳裝了進去

年輕的情侶長吻，留下擁抱另一個人的空間
年長的情侶擁抱，空出思念另一個人的位置

有的遊魂讓自己成爲煙囪裡的黑
或是教堂裡的鐘聲

有的吹出旺盛的炭火
有的努力不動，成爲雪人們的眼睛

我拍拍身上的寒意，起身——
又呆坐在沙發椅，因爲很想……
因爲要換來你的消息
最後還是
把自己給了出去

聖誕老人

鄭哲涵

浴室傳來水流聲，所以我醒了。

更正，是所以我被吵醒了。雖然很細微，但我仍然聽得見洗手台的排水管發出咂舌一般的聲響。

在用廁所的人肯定是K。

凌晨四點十分。很好，我是三點左右躺下來的，這代表我只睡了一個小時。不過這不能怪K，他不是故意要吵醒我的，他五點就要上班，所以四點十分起床盥洗是理所當然的事，況且他沒有大吼大叫，只不過是打開水龍頭。

我也不是第一次被他吵醒了，自從他兩個多月前開始上班以來，我應該已經被吵醒至少三十次，當中又有十幾次我都在床上翻來覆去直到太陽昇起之後才莫名其妙睡著。

就算這樣，我仍然不能怪K，因爲我問過F，F說他從來沒有被K吵醒過，所以我該怪的是自己的睡眠總是太淺，還有自己是那種被吵醒以後就很難再度入睡的人。

我知道我不能夠再想這些事了，因此我不斷告訴自己現在非睡著不可。

現在已經聽不見浴室的水聲了，不知道什麼時候停止的。K可能已經出門了，不對，我還沒聽見鐵門打開的聲音。就之前的經驗來看，數羊對我一點用都沒有，深呼吸才能使我的心情平靜。

吸、吐。

吸、吐。

吸、吐。
吸、吐。
也許已經四點半了，不過我不想睜開眼睛看時鐘，我告訴自己什麼事都不要想。要繼續深呼吸嗎？還是再數一次羊試試看？或是想像自己陷入一片寧靜的黑暗中？
我正在一片寧靜的黑暗中。我的眼前什麼東西都看不到，什麼東西都看不到，什麼東西都看不到。
什麼事都不要想。鬥牛。蝴蝶。公車司機。
不要翻身。撈金魚。肉醬。
飛將軍是李廣。月台。一二三自由日。
什麼事都不要想。抹布。香港。媽祖。這裡很黑。太陽。
睜開眼睛之後，房裡仍是一片黑暗。
其實這並不是真正的黑暗，因爲街上的霓虹招牌與都市強大的光害並未完全被窗簾阻擋，透進不算微弱的光線，藉著這些微光，我可以清楚看見房間裡的每樣物品。電風扇、書桌、電腦桌、與電腦桌同款式的電腦椅、電腦螢幕、時鐘……四點三十五分，我流了不少汗，而且完全不想睡了。
餐廳燈光從房門底下的縫隙透進來，一定是K打開了餐廳的燈。
如果這時候我開門出去，K一定會覺得是他把我吵醒的。
於是我故意拿著水杯打開房門，假裝要倒杯水喝。一開門，就看見K穿著聖誕老人的衣服，坐在餐桌旁挖果醬抹土司。

他看起來也是一副沒睡飽的樣子。

「你起床啦?是我吵到你了嗎?」他果然這麼想，不過並沒有露出內疚的表情。

「對啊，最近都睡不好。」

「我也是。」

「你也睡不好?那怎麼騎麋鹿?」

「我沒有騎麋鹿，是騎雪橇。」

「雪橇不就是麋鹿拉的嗎。」

「是沒錯啦，但是我沒有騎牠們。」

「有道理。」

看起來K已經忘記把我吵醒這件事了，他沒和我道歉，也不再說話，開始吃起土司。我則是站在原地一陣子之後，才想到我是出來裝水的。

「下次休假是幾號?」我邊裝水邊問。

「沒休了啦。」

「為什麼?」

「這個月的假已經休完了。」

「是喔。」

我拿著裝滿水的杯子走回餐桌旁，思考怎樣才能讓K說出對不起。

「喂，如果你送禮物給人家的時候，人家不喜歡，還很生氣，那你要跟人家說什麼?」

「不喜歡就不喜歡干我屁事。」

「喂喂喂，不能這樣吧，你們好歹也是服務業……」

「服個鳥啦，現代人真的有夠現實，收到禮物不說謝謝也就算了，還有人看到我就報警。」

「這也難怪，誰叫你們都偷偷跑進別人家，乖乖按電鈴不就沒事了？」

「幹，恁爸聖誕老人捏！」

「幹，聖誕老人不能罵幹吧？」

「Fuck。」

「幹，不是中文英文的問題啦。」

K瞪了我一眼，就繼續吃起土司，我原本想喝口水來緩和尷尬的局面，但一看到裝滿水的杯子，就覺得自己完全不想喝水了。

我只好繼續跟K閒聊。

「你們的麋鹿爲什麼會飛啊？」

「幹，我哪知啊。」

「幹，跟你說了聖誕老人不能罵幹啦。」

「幹，這是商業機密啦，老闆就沒跟我們講啊。」

「喔……對了，現在不是七月嗎，爲什麼聖誕老人七月也要送禮物？」

「我們還有別的事要做啊。」

「該不會是要寫報表跟想企劃案吧，要做Powerpoint 哦，然後背景的浮水印都是麋鹿哦，哈哈哈哈哈。」

我覺得蠻好笑的，不過K完全沒笑，只是加快速度把土司吃完。

「呃，你、你的麋鹿都停在哪裡啊？」
「……公司啊。」
「為什麼不停近一點？」
「是有地方停喔？你有看過聖誕老人把雪橇停在停車格的嗎？」
「有道理。可是停近一點，上下班不是比較方便嗎？如果是停那種好幾層樓的立體停車場，還可以直接飛上去停，早上上班的時候也可以直接飛下來……」
K吃完土司了，他拿起鑰匙準備出門。我想那應該是雪橇的鑰匙，不過看起來跟一般的機車鑰匙沒兩樣。話說回來，雪橇的鑰匙應該是什麼樣子？

事已至此，我也不再強求什麼，只要能讓他說出對不起就好。
「你知道『禮貌運動』是要多講請、謝謝、跟什麼嗎？」
「跟雞巴啦跟什麼。」
沒想到K這麼簡單就閃避了我的攻擊，我好不甘心。
「喂、喂、喂，等一下。」
「靠夭，你到底想怎樣啦。」
「你、你的鬍子沾到果醬了哦。」
K低頭，但是沒看見污漬。其實我也沒看見，只不過是隨便說說而已。
K把白鬍子拆下來仔細檢查，竟然讓他找到沾了葡萄果醬的紫色痕跡。他俐落地從口袋拿出面紙，把果醬擦掉。聖誕老人的衣服有很多口袋，褲子也是。我曾經看過他從口袋裡掏出手機、煙、打火機、面紙、飯團、指甲刀、肌樂、pizza 店的傳單，我甚至曾在他掏出東西的瞬間，看見其中一個口袋裡有未拆的保險套。

「謝啦。先走囉。」他邊說邊開門出去，然後重重把鐵門甩上。

這就是我的室友K，他是一位聖誕老人，一位壓力很大、滿口髒話、沒公德心、而且自始至終都沒跟我說對不起的聖誕老人。我決定今天晚上要吵得他沒辦法睡覺。

該用什麼方法才好呢？我決定邊想邊吃點東西。不過，當我拿出土司，打開K放在桌上的果醬時，發現他今天塗的果醬是草莓口味的。

秘密聖誕

李雲顥

2001年8月22日，一個非常重要的日子。就在那天，我李雲顥從中、台、日、韓四地重要媒體共同舉辦的Asia Astonishing Supernova歌唱大賽落敗下來。那可是台灣近十年來最重要的歌唱大賽吶。26強決定賽。能走到那裏，我其實已十分滿足。

那天晚上從上海飛回台灣，我立刻撥給我的好朋友小曼和沈千。參賽時他們兩個和我最好。我們一路走過風風雨雨，互相扶持，不料他們率先被淘汰。一個36強，一個30強。我正準備要撥給他們的時候，沈千和小曼先後打來，說一些安慰的話。經過重重轉機轉車，我和小曼還聊個沒完。那場盛宴可不是四小時就可以講完的。我回到現實生活，簡直不像個人類。好像會飄。但現在落了地。腳步卻不踏實。

※

如果那件事情是真的……不，真的是真的。2001年9月21日，我遇見了一個網友。我們斷斷續續地聊，天南地北。有一天他神祕地說他就是那個「聖誕老人」。那個以「聖誕老人」爲形象、穿聖誕裝戴面具（卻不露臉）出唱片的歌手。是嗎？我問他。他回，是。我敲鍵盤：那你怎麼讓我相信？

他開始說了一些唱片公司的宣傳策略，和之前沈千跟我說的十分吻合。沈千是大陸人，因故來台，比賽前一直在☆☆唱片當製作助理。（現在他又回到那個職位上了）他和我一樣有星夢，我們很要好。

我拼命在網路上問他關於升key降key和什麼時候得硬ㄍㄧㄥ上高音這類的問題。他很熱情地回答我，打的字比我問問題打的字還要多10倍。

三天兩頭我不斷傳給他我自己錄下來的歌聲，然後不斷和他討論尾音抖動和聲音保養的問題。

這段期間我又恢復了信心，打算再去參加國內的別的歌唱比賽。有了這位神祕網友的幫助，我想我一定能稱霸歌唱界吧。

「聖誕老人」資歷不深，但畢竟發過三張唱片。他雖然不怎麼紅，但對我們這種「專業級業餘歌手」、「駐唱歌手」圈算是被埋沒的實力派唱將。

隱士 說：

只是啊，千萬不要透露我的身分，也不要告訴我你在聊天室上遇到「聖誕老人」～

雲顥：最hito的歌聲聲聲 說：

你已經說第300次了

你放心!!!!!!

我絕不會透露你是誰的

※

有天沈千要我幫忙聽聽他錄的demo好不。我立刻答應，這有什麼問題。

我一聽，沈千長期以來的尾音抖動的問題，好像完全解決了——不是說他改掉了那個壞習慣，而是他把這個缺陷加以修整變成他的特色，聽起來一點都不干擾，反而加分許多……

我問，你怎麼轉變這麼多？

他說，噢，我之前看到一本書。書上說的。它說轉音應該要……他簡略告訴我。

我有點嚇到。

當然，我是沒有把沈千當作敵人的。

你最近進步很多哦。我說。

謝謝。我有高人指點。嘿嘿。沈千笑了兩聲，然後打發我走結束了這場對話。

然後我陷入了長長的思索。像是廢棄的語言回到文史工作室裡的古籍辭典一樣。

※

太冷了。

現在是西元2001年12月25號。冷風颼颼吹，這個城市的最大特色就是，寒風吹進來我的身體，是徹骨的冰寒。就好像狼的牙齒狠狠咬進你的眼球。我第一次和聖誕老人見面，就是在聖誕節。現在，他穿著紅色連身的聖誕服（其實那是一件暗紅色的牛仔吊帶褲），黏著白色的大鬍子，戴了面具——這一切就像是在電視上看到的。比較不同的是他身上背著類似超大黑色塑膠袋的布袋，我亦步亦趨跟他在後面走在山區上。我們第一次見面。

這裡是一個一年前☆☆水災被毀掉的村落。主要是政府命令那個鄉村的居民全都撤離，卻有人因爲死守家鄉而抗拒，仍然不顧生命危險繼續待在原地。

「你爲什麼還在做這件事呢？宣傳不是已經結束了嗎？」我問他。

就在幾小時前，電視台才強力放送他會到各大城市發送他的愛——聖誕老公公永遠的童話浪漫的時光。

「我就是討厭這樣。爲了宣傳而作一些不是我真正想要做的事情。」

「不是你真正想要做的事情——你是說在聖誕夜送禮物給小朋友？」

「對。」

「那你現在在幹嘛？」

我們開到一個坍方的高台，這個時候，輪胎好像卡在某一個滿大的裂縫，怎麼催油它都不動。

於是我們決定下車，雖然我十分不情願。

眼看車窗上匯積微微霧氣，我「哈」了一口，又用手指畫了幾個圈。

打開車門。

路邊正好是你所想的那樣。一片土石翻覆醜陋的泥濘地可是後面有一條非常清澈的河流。

旁邊有一隻落單的狗。他的長相看起來太可憐了。

零零落落的草。

我們挨家挨戶以最安靜的方式把禮物放在門邊。

過了十分鐘，像是整座宇宙的聲音全都睡著了。然後他說：「這就是一種淨化……我在說服自己配合的宣傳都是我心甘情願的。不然，有一天我真的會開槍死掉。」

他看到我從車上帶下來的飲料喝完了隨手一丟，便喝止我：「欸欸欸，這裡的人已經很可憐了，你還在替他們製造環境髒亂。」

我心裡有點不是滋味，但默默回頭撿起鋁箔包。

過了半小時，那黑色袋子裡頭一小包一小包的禮物如今已去了一大半。我開始微微流汗。天氣冷，那汗很不明顯。

腳趾倒是一直呈現冰凍的狀態。

「你看起來好像很不想當歌手。」

「畢竟是一份工作。」

「喔。」

我繼續追問：「你都包什麼禮物在裡面？」

「我不知道，我是請助理包的。」

「喔。助理有看過你的真面目嗎？」到現在爲止，他還是戴著面具，如果是我早就受不了那種悶和過敏。

他開始哼起聖誕歌曲。真的很好聽，低沉渾厚的嗓音，實在太特別太迷人了。如果再過五年七年有些歷練了，和 BUENA VISTA SOCIAL CLUB 那批人比可不一定會輸。

其實，我實在很想看看他到底長什麼樣子。於是我要求他讓我看一眼。

他說好，不過請不要告訴別人，好嗎。

這句話讓我有一點感冒，因爲沈千，我原本還在猜測……。後來小曼的事，我就和沈千的事和我的事作連結，十分確定了。

他揭下面具。

我看。我想，我應該沒被嚇到。因爲我大概有準備。

那是一張強烈散發出貓的味道的臉——不，是貓跟貓食的味道相混雜後的氣體。很濃烈。

他的臉像是被魔術方塊擠壓過後又整形過了的痕跡。以至於太端正了。整型的味道太明顯，導致十分不自然，看起來「很不習慣」。

「也還好吧？唱片公司真無聊，明明就很帥啊。」我回答他，表情很鎮定。

「是嗎？你這個人也真假！」說完立刻把面具戴回去。

當場十分尷尬。

突然感覺到風變強勁。彷彿轉變爲颶風，把世界上聖誕歌曲全都颳走。

後來我沒說什麼，稍微說了一下是真的，我真的是這樣想，然後轉個話題就把這件事情帶過了。

不過我內心的憤恨卻不斷累加。

又過了一小時，好像禮物發完，他的氣也消了。我們一起回到車上。這就是我們的聖誕節。我想，聖誕老公公並沒有死，他是真正存在在這個世界上的。可是我卻對他很生氣。他一邊開車一邊謝謝我陪他，他感嘆，現在的歌手越來越只關心自己了——只想要買跑車、跑車、跑車，不然就是炒作房地產，再也沒有人關心社會了。要不然，就是遇到一些很想紅的駐唱歌手，只關心自己有沒有名氣能不能發片……

「你以爲你是誰啊！」我突然大喊。

※

我和小曼碰了頭，打算告訴她事實的真相。小曼，那次你問我到底是怎麼讓受傷的喉嚨恢復正常的，我說我不能說；小曼，還有一次你問我和沈千的尾音怎麼都變圓潤了，我說我不能說；小曼，你邀我一起參加聖誕老人開的素人歌手訓練營，說是作公益他又是那麼強的歌手，我拒絕了你。那是因爲……

「小曼，你知道爲什麼我和沈千最近很尷尬嗎？」

「你們很尷尬？」她露出驚訝的表情。

「因爲、我、遇見、他、的時候——」我吞吞吐吐。

我不知道該怎麼形容和沈千相見發現彼此的武功皆相同而不能說出背後受相同神秘大師指引的那種痛苦感。

像是一種奇怪的競爭關係，彼此諜對諜，每件事情都是機密。

沈千，我發現了你，你也發現了我，對嗎？

我發現我和沈千見面時，他的笑容都很僵硬。我想我也是。

「小曼。」

「嗯？」

「我聽聽看你最近練的Chasing Pavements 有什麼進展？」

「我現在不能唱歌給你聽欸。」她很果決。

「爲什麼？」

「最近感冒了。」

過了三秒，她的房間——我曾經在這個地方和她一起練唱的熟悉感，全在這三秒間立刻消失無蹤。

「我們來聊別的事情好了。」

「好啊。」我原本要告訴她我那些不能告訴她的事其實都是爲了守住聖誕老人的承諾。可是我現在已不願意。很可能，命運的指針轉到她，或許他找上了她，幫助她鍛鍊歌藝，或許沈千早就告訴她（很可能加油添醋的）事實。總之，就是這樣了。

在那之後，我再也沒有跟小曼討論過音樂。後來的我跑到電信公司上班，先成為約聘員，後來隨順考了公務員，一路離童年和夢想越來越遠。也不再與他們兩個聯絡。而這竟是起於一種很可笑的原因。有一天，我在電視上看到小曼的新專輯，她以「百變天后」之姿降臨台灣樂壇，且張張占據排行榜第一名。而聖誕老人往後的專輯則越來越沉寂，最後整個消失不見。至於沈千則無聲無息。大概跟我一樣跑去找份工作就此一生了吧。

「欸，雲顥——」同事看到我在員工休息室看電視，上面是小曼的MV，她說：「我認識她，你知道我知道她很多八卦，我跟你說你不要跟別人說哦……」

噢，多麼恐怖的一句話。

聖誕印卡

在那一扇佈滿雪的窗前
我是自己睡眠的挖掘者
輕輕擦亮燭光中的聖母像
迎接這個春天

聽著樹葉之間，鑼鼓的弧線晃蕩著
高呼著生命的潔淨文
我自身歷史重覆播映、倒帶
善與惡相互競擇，直到疲乏至極……
就在那道窗裡，想起了舊日子
好像哀傷的手在水中
穿過我的世紀
輕輕地撫摸我的額頭……

也許世界回到雲母般脆弱
也許清亮的聲音
在那些消蝕的冰柱，將

成爲源頭
拉長夢中之夢的小溪
越過墟里的長煙
帶著什麼回來

徒留著半掩半映的林蔭，像修道士
刮除去羊皮紙的表面，寫了新科學
留著這首詩在雪松與日光之間

聖誕公車

鄭聿

想念你的時候
我正搭公車回家
盡責的司機
穿著聖誕老人裝
乘客們都是禮物

想念你而你不在
往下爬的螞蟻
排隊回家聚餐
偶爾死掉一兩隻
也沒關係的樣子

此生像窗外的雪
已慢慢堆成雪人
可能稍晚就全融化了
寒冬是如薄冰的季節

不要久待在上面

想念你的時候
常常失神和無從抉擇
祈禱每一位聖誕司機
都專心安全駕駛
因爲意外的死亡
也是一種禮物

約翰花

何俊穆

「什麼鬼！」

聽見教務主任宣布聖誕節前夕全校各班都要貢獻一個五分鐘的華語表演節目之後，我隨著上課鐘響回到四樓可愛動物區，看著這群小學三年級的菲律賓毛頭慌亂就座起立敬禮，心裡隱忍不住爆出這句話。

如果馬尼拉的夏天是針床，那麼十一月也不過多鏽了幾根針，燠火的熱帶，長袖上衣總藏在行李箱的底層，跟白雪皚皚的北歐比起來，這裡的聖誕節像是在慶賀地球連續暖化三十年似的，如果聖誕老人踩雪橇領馴鹿飛到馬尼拉，他肯定笑不出來，連忙揮汗脫光紅棉襖一邊跑進百貨公司以肉身擋住冷氣出風口，掏一百披索要警衛拿一把扇子和大杯冰可樂過來。

我勉強揮去罵髒話的衝動，揚起嘴角跟台下四十位小朋友宣布這個普天同慶的好消息。頓時，不平的噓聲從教室的後方發動，引爆的埋怨如海嘯一般盪氣迴腸的湧頂，雖然我對菲語完全沒輒，數數頂多到二，但他們的情緒與我之間，突然產生了萬國語式的共鳴，超越以往比手畫腳才能勉強傳達的意念，跨過師生倫理的臨界點，完成了一種革命性的和諧。

去他的聖誕節目。

在菲律賓，從聖誕節前夕算起，約莫有二到三周的天主假期，類似台灣的寒假，也是下學期最長的空檔，如今離開馬尼拉的機票都已經訂好，只剩段考完畢，就可以回台灣跨年。此刻我好想高舉拳頭，帶領全班遊行陽光普照的走廊，大大聲對教務主任和校長疾呼：要放假不要表演，要放假不要寫功課！最後我卻看見自己手一攤，聳聳肩，平靜的說：「明天就開始排練吧。現在翻開華語課本第三十一頁。」儘管要表演什麼、該怎麼呈現仍毫無頭緒。

下課時間，黃曉華急匆匆跑來告訴我：老師，唱朋友，「朋友」！這首周華健的畢業歌，已經在菲律賓熱銷了十幾年，所有華人爲主的飯局，除了民視八點檔的主題曲，就是朋友一生一起走／那些日子不再有……似乎每場飲宴都在歡送一個時代過去，並彰顯舊日團結且辛苦的歲月。

才九歲的孩子而已，學習離別還早。我暗忖著，收拾教具，慢慢走回房間。

爲了靈感，我開始上網搜尋跟聖誕節相關的一切，最後發現那些故事、歌曲、顏色與儀式，曾幾何時早就成爲記憶資料庫的一部分，只消鍵入幾個關鍵字，幾乎能召喚出數百條類似的資訊，而且沒有任何線索指出，聖誕老人確有其事。電視新聞常報導世界各地的飛碟蹤跡，外星人造成麥田圈，但誰曾看過主播笑容可掬地告訴你長城的天上出現駕著雪橇的紅衣怪老頭？

打小我就不相信聽話和品學兼優導致美夢成真，這兩者絕無因果報應，我生命中的第一架掌上遊戲機源自整個下午的任性哭鬧，第一組四驅車高速胎是偷來的，因爲想試驗玩具槍的威力不小心擊中了家人，結果被關進廁所禁閉。童獃時代如此，長大後亦然，追求自由的緣故我違逆了許多善意的關懷，爲了保全某個朋友而面不改色地說謊，或者裝病以求戀人的陪伴。

千萬別期待寶物在襪子裡無中生有，我想，乖巧之路的去向絕非不勞而獲，你總得對自己更誠實，動手幹些什麼——令人討厭失望的事情，當然，你也必須承擔被厭惡、孤獨或傷心難過這類的風險，它們藏匿於華麗的包裝內側，提醒你完全的快樂是不存在的。

帶動唱〈聖誕鈴聲〉的第一天，眼前這三十九隻小動物沒一個願意張開耳朵聽我講解歌詞，他們忙著研究老師的音樂播放器和外接電腦喇叭的廠牌：「From Taiwan?」「Don't you have an iPod?」「I have iPod!」「它很貴嗎？」，像鳥兒啄弄柏油路上的狗屎確認食用的機率，絲毫不睬白紙上黑字印刷：雪花隨風飄／花鹿在奔跑／聖誕老公公／駕著美麗雪橇……

以手心連續拍擊黑板直到紅腫爲止，是我近半年提醒大家安靜的方式，會痛，可是拿藤條太危險，大吼大叫傷喉嚨，根據前幾周的經驗，翻桌又會造成全班陷入肅穆，排練活動切忌一夥傻楞楞的木樁，但適度地處理眾人的浮躁，則是一門左右爲難的課。

責罵、處罰、留校、送訓導處，童稚歲月最髮指的手段，如今一個個被貫徹在我帶領的班級，我不喜歡卻無法制止，雖然厭惡仗恃權威發號施令，卻無能克服年紀和語言的隔閡。如今進入教學現場，只有聽話、品學兼優並且跟我小時候完全不同的學生最討人喜歡，爲了滿足這個自私的願望，我總得做些什麼——使自己和學生們討厭失望的事情，至少，眼下穩定的進度能爲你的所作所爲開脫。

來，叮叮噹——叮叮噹——鈴聲多響亮——你看他不避風霜——面容多麼慈祥～大概因爲旋律耳熟能詳，發音簡單，全班進行到副歌的時候，聲音對焦特別準確，似乎狀聲的叮叮噹比文字的意義更迷人，氣氛隨之飛揚靈活起來，我們一起鼓掌節拍，聳肩，勾手，旋轉，跳。

三排行列裡，我始終懷疑最後排中央的那個孩子假裝開口，佯做歌唱，實情不過呼吸或冗長的哈欠，他旋轉由於旁邊的同學旋轉，他勾手，因爲別人主動勾住他，該跳躍的時候，他只微微半蹲又站直，腳掌緊緊與地相貼未曾分離，彷彿可以理所當然的誤解成體重拖累。

花約翰。全班個子最高壯的男孩，長睫厚唇，雙頰豐盛，擅長傻笑沉默，寫得一手任誰也辨認不出的漢字，即便準時交作業也課後補習，他的考試成績仍徘徊及格邊緣，無需擔心，亦無可喜，我只是單純的揣測他對這門科目沒有興趣——老實說我並不介意，如果對所有科目一概鬥志高昂，在他們菲語、英語、華語三重雜交的環境裡苛求面面俱到，未免也太疲倦了。

但我依舊想確認他的狀況。

休息時間，廁所的廁所點心的點心，我注視著花約翰，慢慢走到他的座位旁邊，他失神而無辜的表情，隨著我的逼近，籠罩一股迷霧般未知的慌張。「唱給我聽。」我哼起來：「叮叮噹——叮叮噹——鈴聲多響亮。」

沒有反應。我加重語氣，以英文重申了一遍。這回他唯唯諾諾地開了口。明明磨擦著聲帶，竟送出輕若鳥羽的氣音。

聽……聽……當……聽……聽……當……

有反應就是好消息，值得變本加厲，叮叮噹，叮叮噹。

聽……聽……當……聽……聽……當……

拿起紅筆，我在歌詞紙上將注音抄寫一次，ㄉㄧㄥ，ㄉㄧㄥ，ㄉㄤ，叮叮噹。

叮……叮……噹……叮……叮……噹……

空氣摩擦聲帶，既爆且濁地開啓一種象徵性的狀聲，聖誕老人的比喻，叮叮噹的連通，將我們共享的十分鐘午後正音課，濃縮爲一枚標準的逗點，爲我初執教鞭的生涯鋪陳燦爛的頌歌，師者的狂喜填滿胸臆，比如從天而降福至心靈的禮物。我樂不可遏，拍拍他的肩膀要他千萬別忘記！

不過，休息過後花約翰的情形，好像我跟他方才的對談根本不存在似的，黃曉華已經勾住他的手，他卻像中了麻醉槍的熊，莫名僵直起來，黃曉華一出力，反而撞上前排的林炳裕，稀哩嘩啦碰倒了左右的同學。全班秩序大亂，一切重回原點，連同隊形組合一塊兒崩解，彷彿柵欄外突如其來恐龍飢餓的怒吼，引起溫馴的生物圈群狂騷動。

氣急敗壞，我試著揣摩恐龍說話的分貝，想像飛碟超音速的高高頻，配合怒容與他們萬難理解的華語連珠砲，不分對象性別成績，無差別直陳痛責。

同學們靜了，對面教室的老師探頭張望，教室裡的熱烈瞬間凍結，然後，最後排中央中的那個孩子哭了。

我請班長維持秩序，自己離開教室洗了把臉。

「抱歉，我們繼續吧」我說。闃靜的教室，花約翰以及其他的同學拼裝這理應歡樂的隊伍，聖誕節要到了，我覺得自己是溫暖的熱帶季風裡，作客不速的冰雪。

他們整整齊齊排列，微微垂頭，暗中投來目光，好像深怕推倒一塊骨牌。我望著紅眼睛的花約翰，深呼吸，緩慢的一字一句的說：「唱到『你看他不避風霜／面容多麼慈祥』的時候，大家轉頭看花約翰，伸出手，將他迎接出來，他是聖誕老人。」

彷彿得到了遊戲的許可，促狹的角從他們的額頭穿生，像惡魔也像鹿，花約翰就在眾人的哄鬧逗弄下，靦腆地笑了起來。

假釋

劉芷妤

飄雪的夜裡，一尊雕像安靜佇立在城市的中心廣場。

它如此巨大雄偉，以至於和它的破敗斑駁形成了強烈的對比。雪積在它的頭頂與肩上，像雪白昂貴的皮草，看來溫暖實則冰冷地，覆蓋著雕像曾經鑲滿金箔的水泥軀幹。

而那些金箔裝飾的禮服燕尾與微向外翻的衣領，那些紅寶石的劍柄、藍寶石的雙眼、鑽石的王冠，如今再也不復見，只剩幾乎與黑夜融爲一體的灰黑石體，冷漠僵硬，宛如它深愛的這座城市。

一輛紅色的雪橇在黑夜與白雪之中，醒目地劃過天際，悄悄滑向雕像腳邊。

「嘿，小心燕子。」

雕像彎下腰，伸手護住它腳邊一隻早已死透的春燕。

六隻麋鹿拉著的雪橇轉了一個急彎，停在稍遠的地方。雪橇上走下一個紅衣胖老伯，扛著一包巨大的、鑲著白色毛邊的大紅布袋。

「我知道牠在那，你不用那麼緊張。」紅衣胖老伯長長吐出一口氣，溫熱的鼻息在冷得幾乎凝結成玻璃的冬夜空氣裡，拉出一道長長的濛白。

雕像點點頭，將自己頭上那個已經不能稱爲王冠的東西取下，擺到腳邊。接著小心翼翼捧起甚至不及它指甲大的死燕子，曲腿在階梯頂端坐下。

「我們等你好久了。」

「哪個人不是這麼說？」紅衣胖老伯也跟著坐到雕像旁邊。他看起來一點都不像那些聖誕卡片上畫的那麼快樂無憂，反而深受肥胖困擾。疲倦、過量工作導致不正常飲食引起的胃痛，與過多熬夜造成的皮膚粗糙和黑眼圈，讓他看起來更像是電視裡那些三兩下就被主角打昏的獄卒，成天守著不見天日的地牢，與不見天日的人生。「這種事情不是我能決定的。」

「我已經忘記燕子死在我腳邊多少年了。」雕像不理會紅衣胖老伯的不耐語氣，坐在階梯頂端，逕自凝視著水泥掌心裡小小的蜷縮小鳥，語氣悲傷，卻彷彿帶著點懷念。「可是我還記得，牠跟我爭論最後一顆藍寶石眼睛，要送給那個單親媽媽，還是要送給被棄養的老傢伙時，那麼堅決的語氣。」

「後來你們決定送給誰？」

「燕子在叼著寶石送去給那個單親媽媽時，在街角遇見了乞討零錢的缺腿男人，燕子說，那人截肢的傷口沒有好好照顧，流著膿血，混著地上泥濘的雪水，拖著腳爬。」雕像的聲音柔得與它的巨大體型不成正比。「結果牠，把最後一顆藍寶石給了缺腿男人，兩秒鐘後，牠看著缺腿男人站起來，扯開假的傷腿，一溜煙地跑遠了。」

紅衣胖老伯抬起頭，看著死透的燕子，還有溫柔凝視燕子的，雕像早已失去藍寶石鑲嵌的雙眼。

「啊，人生哪。」

「人生哪。」雕像輕輕附和。「所以，我猜，你應該沒有兩個好消息吧？」

紅衣胖老伯攤攤手。「只有一個，抱歉。」

雕像點點頭，神色平靜。「我猜是燕子吧？」

紅衣胖老伯倒也懶得玩猜謎遊戲。「不，是你。」

「你確定嗎？」雕像飛快地轉過頭，睜大了眼睛看著紅衣胖老伯，失去藍寶石光采的雙眼幾乎可以說是閃著希望。

噢，希望。

如果這世界上真的有那種東西的話。

紅衣胖老伯從布袋中掏出一卷用細莎草繩綁住的羊皮紙，交給雕像。雕像伸出沒有捧著死燕子的那隻手，顫抖著接過。

它咬開繫繩，羊皮紙在它眼前展開。

茲證明

編號Z823447562號受刑人，原無期徒刑定讞。經教誨庭裁定，獲准於2010年12月25日凌晨12時假釋，卸下「快樂王子」一職，並由編號S67748592號聖誕老人協助，回歸母星。

天鵝座星際聯邦法庭　最高審查長

雕像抖著手，凝視著眼前這份等了幾百年的卷宗。

它沒有眼睛了，早就沒有了，可是眼前爲什麼還是有如同淚光的朦朧？

「恭喜你。」紅衣胖老伯說。「每次聖誕夜的最後幾個小時，送這些假釋令給你們，比送禮物給那些小孩更讓人高興。」

雕像久久不能自已。

它終於開了口，說的卻與它眼睛直盯著的那份羊皮紙一點無關。「那些孩子們的聖誕禮物都送完了？」

「當然，我的主要任務可不是你們這些已經沒救的傢伙。那些還有機會相信聖誕老公公的小鬼，才是我的主客戶。當然是先送完禮物再來看你們。」

「幹你這行真缺德。」

「能怎麼辦？如果那些小孩就這麼不相信聖誕老公公地長大了，要怎麼找到滿腦子夢想、希望與愛的蠢貨大人，來跟你們交接？別告訴我在這裡站了幾百年還不夠，別告訴我你一點都不想把這個爛位子丟給別人。」

雕像沉默著。

紅衣胖老伯看著雕像的眼光從羊皮紙上的文字，緩緩轉移到另一只掌心上的死燕子，開始覺得事情不妙。

「喂，我告訴你，你可不要想……」

「給燕子吧。」雕像輕輕地說。「我知道你可以這麼做的。」

「問題不是我可不可以，是你……你在這裡站了幾百年還不夠你反省嗎？那些東西都是騙人的！」紅衣胖老伯氣得跳起來。「你知道你把這次機會讓給燕子，你還要再等幾百年嗎？」

「我不知道，我不會知道不是嗎？」雕像凝視燕子的眼神比它的聲音更柔。「這就是刑罰最殘酷的地方，我們永遠不會知道我們到底要過多久、遭受多少痛苦和挫折，才會放棄那些不切實際的東西，不是嗎？」

紅衣胖老伯轉過頭閉上眼，忿忿地嘆口氣。「你怎麼會這麼蠢？你再給我好好想想！」

「我知道我會站在這裡幾百年，都和我現在做的這件事情出自同一個原因。」雕像說。「可是燕子很冷，他很冷，而我只是水泥，我不怕冷。」

「燕子會冷但是它已經死了！」

雕像搖搖頭，伸手將燕子遞給紅衣胖老伯。「動手吧，聖誕老人，你應該滿足我的願望的。我現在會這樣，還不都是小時候相信你的關係。」

「你這瘋子！你相信的那個傢伙不知道是我的前幾任了，少推到我頭上。」紅衣胖老伯咕噥著。「你真的不再想想？」

「是我要燕子留下來幫我的，沒道理我先丟下牠走。」雕像讓掌心的燕子滑落到紅衣胖老伯柔軟的布袋上，那大紅布袋襯著黑白的燕子，煞是好看。

紅衣胖老伯嘆口氣，從布袋裡抽出一把玩具刀。「你會站在這個地方，真不是沒道理的。」

雕像微微牽動嘴角。

紅衣胖老伯手起刀落，玩具刀的刀尖碰到燕子冰冷胸口時變得意外銳利，直直戳入鳥胸，旋了一個圓，俐落剜起一顆血紅心臟。

血紅心臟被棄置在他們腳邊。

他們頭頂上的厚重雲層裡，發出一道比閃電還明亮的光束，直直打在燕子身上，燕子在光束中緩緩升起，最後隨著光束消失在雲層裡。

「牠不會知道你爲牠做了這些事情。」

「我知道。」

紅衣胖老伯搖搖頭。「我還得去別的地方送假釋令，你……好自爲之。」

「好的，謝謝，也希望你自己能早日假釋。下一個幸運兒是誰？」

「人魚公主。」

「啊，那個傻女孩。」雕像微笑。「希望她別把假釋令讓給王子了。」

「你這傻大個兒沒資格說人家傻，況且王子根本不需要假釋令，他本來就沒有心。」紅衣胖老伯跳上雪橇，看著雕像，又搖搖頭。「好好保重，新的燕子明年春天會來。」

「真希望不會再有笨燕子了。」

「永遠都會有小孩相信聖誕老人的。」

六隻麋鹿優雅地騰空飛奔，紅色雪橇與來時一樣，劃過天際，消失在黑夜與白雪裡。再也沒有死燕子陪伴的巨大破敗雕像，安靜地站起來，穩穩地以同樣的姿勢，站在它被懲罰了上百年的位置上。

在雕像的腳下，髒污的雪地裡，那個燕子原本死去的地方，只剩被聖誕老人隨手丟棄的，一顆鮮紅熱烈的心。

聖誕PARTY

徐嘉澤

他匆匆地趕到。

在這之前他充分地做了準備，一周前，婷婷竟然來到他的座位前，風騷地問：「小陳，聖誕夜那天有空嗎？我們辦公室要辦個PARTY，要來玩嗎？」

一旁的工程師小吳聽到也起鬨說著：「來嘛來嘛！人多一點才熱鬧。」

他一下子反應不過來，平常同事把他當空氣，怎麼今天卻一反常態熱烈邀約，只能點頭說好。

從那天開始他每天活在倒數之中，平常使勁在工作上求表現，之後卻想著要給同事驚喜，讓大家知道他不是一板一眼的人，一些人開始在下午茶時間討論起要穿什麼來參加扮裝PARTY，他偷偷想了很多，可以扮成蝙蝠俠、超人或蜘蛛人，婷婷一日問著：「小陳你想好要扮什麼參加PARTY了嗎？」

他還猶豫那些角色間哪個最最適合他，婷婷的手若有意似無意地輕輕拍拍他的手掌說著：「我想了想我們還缺一個重要的角色，不知道……」

「什麼角色？」他從來沒有被需要過，就算在公司他做牛做馬，就算老闆常誇獎他做得好，但他還是覺得沒有被需要到。他想被需要於是越做越多，但不管做得多麼多，最後都被認爲是理所當然：小陳做事本來就認真、小陳做事一板一眼、小陳工作沒有完成一定不會回去、據說小陳住在公司、小陳小陳小陳小陳……他變成標籤，被貼在辦公事的角落隨時供人家耳語，但沒有人需要他，耳語過後，他會被撕下然後丟入更陰暗的垃圾桶。

「你知道那天聖誕夜，這次主辦人是我，我想炒熱一下氣氛，你扮聖誕老人晚點到會場，分送糖果給大家，如何？會不會很爲難你啊？」婷婷說。

他從來沒什麼意見，人家怎麼說都好，他也沒有說不的機會和權力，總是如此，爲了避免被討厭，不管人家說什麼他都好：小陳幫我送一下公文、小陳電腦替我處理一下啦、小陳這個部分你瞧瞧、小陳廚房電燈不亮了、小陳小陳小陳……好好好，是他一貫的回答。

「不會。」他傻傻笑著，心裡想著這是一個重要的轉機，或許可以重新融入公司這個大家庭，能和同事說說笑笑，下班後一起吃個飯或去小酒館喝酒聊是非和八卦，重點是聊別人而主角不再是自己。

那天後他開始到服裝出租店去找合適的聖誕老人裝，試了又試，總算找到一件合身，連鬍子他都買了專用的藥水來黏，每一天，他似乎都看見婷婷還有其他同事對他和善的微笑，他肯定這是他們秘密行動的開始。聖誕夜那天過後，他會成爲他們的一份子，他心中浮現出一片歌舞昇平模樣，甚至想像整個辦公室的人開始全部一起舞動，而他站在舞台中間。

到了聖誕夜那天他特地比平常更早來公司，他提著大袋子裡頭裝滿了要分送的糖果和禮物，他想給同事驚喜，可不想上班途中被誰撞見，這是他和婷婷的秘密策劃，沒有別人得知的秘密。他拎著大袋子穿過警衛狐疑的視線，吃力的將大袋子塞進座位下方狹小的空間，他決定早點開始辦公，好可以準時下班。

但卻像說好似的，那天的事特別多，婷婷塞了文件給他、他又幫忙處理電腦、還要打電話幫忙聯絡小吳的客戶，還有幫忙Amy將紙箱搬上來、還有老闆又丟了份企劃給他……雖然這些他平常就做慣，但今天時間寶貴，牆上的鐘卻不留情地跑。辦公室的其他人跑得比時鐘還要快，小吳已經先溜、婷婷說要先去準備、老闆說今天日子重大要去陪家人還特別交代他年輕人單身要好好努力。

辦公室其他人一個個消失，他才要拎著大袋子離開，婷婷打電話來哭訴著一個案件還沒完成，可是她已經在外面趕不回去，他連忙說好要幫忙處理，打開電腦幫忙做報表、檢查錯誤、做企劃郵寄給客戶，再抬頭兩個小時又無聲溜過。

他伸懶腰打電話去問他們在哪，電話那頭鬧哄哄，婷婷大聲笑著說：「在中華路錢櫃，你快來，等你一個，312號房，對了對了，我們扮裝PARTY要先穿好進來喔，不能來這裡才換喔。」

掛上電話，自己一人在偌大的辦公室裡取出大袋子，拿出聖誕老人服，外頭城市安靜，辦公室的窗戶反射出自己的身影，他換裝再拿出鏡子黏貼著大鬍子，再將換下的衣物全塞進大袋子裡。叫了計程車，離開辦公大樓前，警衛又看看他，他只好尷尬地笑著招呼：「Merry Christmas！」

上了計程車，「中華路錢櫃。」他說。

司機從後照鏡看著他，他避開司機的眼神看著窗外熱鬧的氣氛，聖誕樂音從各處傳進車內，他跟著哼，想著等會進去要帶給大家的驚喜，那些禮物都是他精挑細選，花了整整一周才買來的禮物，婷婷是項鍊、小吳是鋼筆、其他人還有香水、領巾、袖扣和領帶夾等等。

他還在想卻發覺車子已經不動，被卡在車站附近，司機也搖搖頭，他只好付了錢就快步往外跑，才發現這城市好多聖誕老人也在街上，一些發著傳單一些站在店門口招呼客人一些是充氣人形豎立在路口一些是模特人偶立在店面，他吃力跑著，沒幾步變成喘氣快走接著慢走，一些路人對著他笑一些人眼神帶著狐疑像是嘲笑一些孩子伸手要糖果，他還是使勁地跑，他知道今天是屬於他的一天，過了今天若是沒有趕上，魔法就會消失，距離十二點他只剩下五分鐘，而路程還很遠。

他拿起電話撥通後吃力地說著：「我快到了，路上塞車在附近了。」

「什麼？聽不清楚，你大聲一點。」婷婷那頭喊著。

「我說，我快到了，路上塞車，在附近了。」他大聲回應。

「啊！沒關係，我們包廂時間快結束了，等會大家就要散會了，對不起聽不清楚先掛掉了。」

他看著前方擁擠的人潮，他不知道該前進還是該後退，望著櫥窗鏡子裡反射的身影，他看著自己肥胖的身軀穿著著可笑的聖誕老人的服裝，他才想到忘記練習該怎麼笑。

「喔呵呵呵呵，Merry Christmas！」他對著自己大聲說。

路上熙嚷的人潮幾聲，「Merry Christmas！」傳了回來。

他知道過了今天，屬於他的日子就結束了。

聖誕快樂

黃默默

一過十二點，女孩就來敲我的門。

「聖誕快樂！」她笑盈盈地站在門口，拿著一大把禮炮，對著我的頭轟了下去。

「唔。」正在吃泡麵的我穿著吊嘎短褲，滿臉都是碎紙片，楞楞地看著她。

她穿了整套的聖誕老人裝，紅色的迷你裙洋裝、白色的毛毛靴、聖誕老人帽子，背後還背著一大包東西。

「可是現在才九月耶。」我說。

「聖誕快樂餓餓餓餓!!」她大喊，臉頰嘟得紅通通的。

「傷腦筋。」

套上牛仔褲和Polo衫，我被她牛拉牛扯地拉上了街。

我們沿路唱著所有想得到的聖誕歌。在剛打烊的麵包店門口唱One Holy Night，在7-11門口對著一群摸不著頭緒的大學生唱White Christmas。

她開始從大包包裡拿出東西送給一臉莫名其妙的路人，「聖誕快樂！」，他們大多一頭霧水，偶爾有人回了句「喔喔你、你也聖誕快樂」，她就會很高興，很高興。我的臉上不知道什麼時候被她黏上了一堆亂七八糟的鬍子，也不知道是哪裡來的，害我直打噴嚏，眼淚直流。

I'm dreaming of a white CHEU Christmas

With every CHEU Christmas card I write
May your days be merry and CHEU bright
And may all your CHEU Christmases be white
A-CHEEEEEEU!!

我們大笑、大吵，一路唱歌、打噴嚏，我的腦子因爲熬夜和狂歡變得越來越昏沉，再也記不得事情發生的順序，記不得時間是如何過去，如何變得這麼漫長，又這麼短促的。

直到空氣的味道開始變化，天慢慢顯露出一點清晨的藍色，我們終於在公園的長椅上累倒，癱在彼此身上，一動也不能動了。

「禮物送完了。」我說，已經發不出任何聲音的她窩在我懷裡，點了點頭。

「回去吧。」

她從背包裡拿出最後一個禮物，叫我等她走遠再打開。

我不用打開，大概就猜到那是什麼了。

她花了一個晚上送出去的，都是我曾經送她的東西。兔子抱枕、毛茸茸的拖鞋、開玩笑的時候買的史瑞克耳朵、看比賽時買了兩人一組的加油棒、一起逛跳蚤市場時便宜買到的音樂盒……還有很多，很多，現在，都沒了。

聖誕老人的禮物

黃羊川

時值歲末。每年歲末，無論男女老幼總是企盼那遠渡重洋架著雪橇鼓著福氣的身體載滿人人心中禮物的白髮老人來到；如剪影般地麋鹿群踩碎、躍過月光撒滿的海。

每年輪班的聖誕老人因歲月的年輪不留情地圈住他們，因此也省去了裝扮的時間，不過照往例地，在禮物擲送的同時也增加了不少抱怨，以前經常是過髒的煙囪、太臭的襪子，或是太興奮而沒有睡去的小孩；近年來卻是過分乾淨幾乎未曾使用的煙囪、從未穿過而專門用來盛裝禮物的襪子，或是得與防盜保全系統的敏感度拉扯、與屋內的貓狗比賽誰比較靜悄。

他們心底覺得自己帶來的禮物比每一個到訪的家裡的任何擺設還來得寒酸，不免在放下禮物時有點落寞；也不再像以往，更多人的家裡是大門深鎖，當他們帶回太多未發出的禮物時，喉頭哽住卻又急著冒出的怨嘆經常使他們嗆到口水，發現自己幾乎遭時間遺忘了。回頭望著聖誕老人之家的玻璃櫃，一整大面，從外頭看根本無法想像這處有多隱密；他們同時發現那依年代排序的禮物，原來已經那麼多了。禮物的表面浮著時間的灰塵，沒有痕跡。

時值歲末。城市的燈火通明，一盞盞相互輝映的燈光將城市的身影都給抹去。一小時兩百元的打工聖誕老年輕人，撒出糖果與小孩合照，歡樂的氣氛可以捏造，也或許是真實即將實現的徵兆：父母攜著愈來愈少的小孩，小孩拖著愈來愈多的禮物，在雪中拉出了一條不多不少的痕跡。

Xmas

傑林

看 tahiti 80 的時候，他們帶著紅色帽子唱著 all around
買了一個你很想要的徽章，和著奇妙的顏色
共同的回憶開始於仍然陌生的時刻
寄給你的卡片總是過期的
忽然想到你說的那句話
彷彿狠狠的用便利貼貼滿四處

「我已經過期了喔。」你說。

假如說聖誕節最後僅有的回憶
除了那些在聖誕樹前合照總是拍出不成人型的自己
還有爲了一個晚上卻可以連吃一個禮拜的火雞
預算兩百到三百卻一直買超過的交換禮物。
可能就只剩下那首歌以及徽章了

那是一則簡訊鈴聲就能打發的事情
「恩，你也是。耶誕快樂。」
我想我還是會浪費那三塊錢
等著接下來的新年快樂。

「謝謝你的卡片，我會把他貼在牆上。」你說。

Time Capsule——グッドバイ

A time capsule is a historic cache of goods and/or information, usually intended as a method of communication with future people and to help future archaeologists, anthropologists, and/or historians.

— From Wikipedia, the free encyclopedia

那晚你不加思索地按下快門，
始終記得那些冬季片段，狂歡倒數結束，
記憶總是黑白，與分心無關。
閃神的剎那間光影交融，你隱沒在夜色裡。
I will follow you into the dark.
唱著。

這是個不太寫卡片的年代了。
於是也少了些期待。

Ziv Chen

夜裡你做了個夢，短短地卻印象深刻，
夢境中那個國小當時坐你隔壁的短髮女孩，
微笑地問你說：你還記得國小發生的事嗎？
你晃頭晃腦地搖搖頭。不語。
短髮女孩牽著你的手，熱切地說：走吧！去找尋我們埋藏的時光膠囊。

你們在校園的草地堆裡，挖了又挖，
看似已經忘記當初埋藏的地點，
眼看就要放棄的瞬間，
短髮女孩興奮地叫出聲來，找到了！
你從女孩手中接過滿著泥巴塵土的時光膠囊，
冷靜地打開後發現一張短短的紙條，
上面用日文寫著「グッドバイ」。
瞬間女孩消失了，校園消失了，一切變成無盡的白，
「グッドバイ」像是電影結束時出現的 The End 字幕，
毫不保留地停在那格畫面裡。

醒了。
記住，忘記了，
獻給許多紀念日。
「グッドバイ」，記得說再見。

雍小狼

雷獸

聖誕老人的九個短篇與一首歌

孫得欽

1.

聖誕老人站在鏡子前
看著棕灰的頭髮、鬍鬚
斑駁的色澤
似乎暗示著憂慮、挫折
與密如蛛網的悲傷

爲了與夜色相襯
爲了不讓那些在歡樂中
抬頭望向他的人們
心中漾起
連他們自己可能也難以察覺的
模糊的沮喪

他穿上紅衣，將毛髮，染白
要白得像無罪的雪
又練習爽朗的笑聲
有點生澀，像台生鏽的馬達
還引發了
激烈的咳嗽，畢竟一年
只用得到這麼一次。

2.
聖誕老人有時也想
以私人名義
送給某人禮物
但他永遠只能聽到
那人歡悅說著
這是聖誕老人送給我的喔

3.
面對那些鐵窗、保全系統、高樓大廈
聖誕老人當然必須常常
慢跑、攀岩、高空彈跳

還得克服，社交恐懼症
以免跳進客廳時
大家都還醒著
總不能只說聖誕快樂
我還有事要忙

4.
聖誕老人打開冰箱
剛買的蔬菜依舊爽脆
綠色使他更愛冬天
麵包與奶油讓他感到富有
蘋果、蜜桃微微泛著腐敗的甜
深吸一口氣
吸進混合著金屬的，雪地的冷
他覺得滿足
覺得自己搬離北極之後
更懂得死亡與不朽
也許還，更懂歡笑

5.

你相信雄獅的翅膀，天使的閃電
石膏像綻放藍光的雙眼嗎
在凌晨三點的大道，聖誕老人腳步蹣跚
他問每一個
這時還醒著的人
你相信世界是美麗的嗎
你相信愛與衰亡嗎
你相信把左腦摘除就能獲得
永恆的快樂嗎
當然，有時他也想問一問
穿著青鞋子從巷裡跑跳過來的
那個小女孩
「你相信聖誕老人嗎？」

6.
只有好孩子可以收到禮物
這條規定，常常使他困惑
尤其是想起自己
從來沒有收過聖誕禮物

在飛翔的途中，有時候
被風吹出一點淚，有時候笑
他記得幾首歌
很適合這時候唱
有時他冒出一個念頭
回家時會不會發現
晾在陽台的舊襪子
也被塞了禮物，即使是
放錯的也好

7.
電視新聞正在播報的是
聖誕前夕，全球各地發生多起
犯罪事件
歹徒掛上鬍子，套上紅袍
假扮聖誕老人
分送炸彈包裹
搶劫銀行，襲擊
遊樂園
甚至在廣場

散布末日預言後
引火自焚
此舉無疑褻瀆了我們對
純真的嚮往，汙染了
這徬徨時代中的，最後淨土
「他們不知道——」
坐在電視機前的聖誕老人喝著啤酒
喃喃自語：「裡面有些人
根本不是假的。」

8.
從窗子跨進房間
他和一位病榻上的老人對望
老人似乎瞎了
看向比他更遠的地方
這裡沒有孩子
或許是他弄錯了地址
他有點恐慌，像掉入什麼陷阱
他被老人的聲音牢牢抓住
「我年輕時看見你，你已老去，如今

　你還是和當年一樣……」
有生以來他第一次覺得
自己像個小孩
老人伸出手觸摸他的皺紋與鬍鬚
仍舊看著遠方
不像在跟他說話
「……你以衰老的肉體留住青春……」
聖誕老人翻遍了袋子
最後還是決定坐下來輕輕唱一首歌

9.
聖誕老人也到了該退休的時候
抬頭一看
夜空中飛舞的流星
是剛進入量產的生化聖誕老人
他們迅捷、準確、輕盈
甚至還更溫暖、更美麗
更懂得營造氣氛

聖誕老人仍在奔跑、跳躍、氣喘吁吁
他的麋鹿老了，雪橇舊了
每年收到的抱怨信
花一整年也看不完
他踩壞了別人窗台的盆栽
背著一大袋過時的禮物
有些躲在棉被裡裝睡的孩子
還被他太過陰鬱的黑影嚇哭

＊

但聖誕老人啊
我已愛你多年
如同我也愛時間、愛衰老
也害怕一切美好的東西

即使是夜裡
世界也在變得明亮
你迎向的天空
有野雲

有光陰
有不死的鳥鳴

你鬢邊的白雪已漸漸消融
你古老的身體也要跟著腐朽
你可以不懂愛情與幸福
也可以感到厭倦與虛無
最珍貴的，是你將和你無關的東西散布人間

你是掉落地表的紅太陽
你是邊走邊消失的雪娃娃
你是不經意落下的一場雨

落在便利商店、大賣場
落在小販的紅帽子
落在冬日的冷風，戀人的圍巾
你在不宜神話居住的世界
無所不在

你與我們同在

消失的聖誕

連明偉

我的幼年藏著聖誕老公公消失的故事。

聖誕老公公住在北極，那是一處穿著厚重皮靴與厚重皮衣依舊會冷的地方，不然，聖誕老公公不會長出白灰銀亮的鬍鬚防冷。我認真地以爲會有聖誕老公公，熱鬧的紅，從屋頂滑落到塑膠聖誕樹旁的灰燼，帶著被所期待的禮物，棒棒糖、新衣服、新書包或者一台令人稱羨的gameboy。

但是這裡是接近赤道的島嶼，冬天也只是偶爾在稜線與高山上下雪，平原冷則冷，都是濕冷，連霜都無法降。我偷偷地將更小時候穿破的襪子藏在信箱後，以爲晨起就算遇不上老公公，起碼也有糖果禮物。接著上床，想像夜裡有一聲巨大的聲響是聖誕老公公從屋頂滑落的聲音。可是，厝內沒煙囪，聖誕老公公到底要從哪爬進來？是窄小的抽油煙機？還是從二樓偷偷打開窗爬進來？或者聖誕老公公有萬能鎖可以打開每一扇門窗？終究在猜疑與期待中半瞑著雙眼睡去了。

沒有糖果也沒有禮物。

我以爲自己不乖，眨巴望著姐姐，以爲姐姐拿到了禮物。當時，我還是相信聖誕節與聖誕老公公，即使沒有糖果或者任何禮物。只是一年一年過去，卻沒有任何一年曾經收過禮物，聖誕節前後也不曾下雪，心中那幅聖誕老公公騎著馴鹿飛過夜黑明月的畫面漸次在暖溫中融化。同學們開始說自己不信，說一切都是假的，我沒有附和卻也開始起疑。終究只是起疑，而後便漸漸釋懷，反正生活中不可能有什麼憑空得來的祝福與禮物。

期待開始轉成對於聖誕卡片的渴望，我渴望班上每一位同學的卡片，也開始和同學們比較誰的卡片收得比較多，彷彿多一張卡片就多一位知心朋友。但是，我終究輸了，在精心挑選卡片與互惠交易之下，內心開始有些地方動搖，只是我不願面對，依舊以收集為樂，並且以為那是真正的快樂。其實，一直不敢面對那位沒有什麼知心朋友的自己，掩藏在聖誕快樂字眼底下的其實是一種困惑。沒有人解釋這個節日為何存在，也沒有人說為什麼會有禮物，以及「我們」到底慶賀著什麼，那彷彿是一種移植過來的喜慶，而我繼續在困惑中寫卡片，銀貨兩訖、互惠互利地交換彼此不知所以的祝福——悲傷並自以為得到什麼的孩子啊。

年年的聖誕節都在不同的情境中轉變，投射欲望，並且揮別那可能幼稚地相信傳說或者故事的年紀。只是，總是必須在凝視北極的迴光中回望，以一種溫柔的光影說明自己的延展與衰敗從何而來。每一年都無視聖誕節的到來，每一年卻都在底心內層期待一雙襪子魔術地變出幾顆遠方寄來的糖。失望悄然而至，我必須假裝沒這回事，日子久了，也就習慣而不感到絲毫內疚。後來，也能對人侃侃而談自己曾經相信過聖誕老公公，也曾經不相信，反正這都跟我的現在與未來無關。

不過是幾顆糖罷了。

大概年紀漸長，雖然依舊遲疑聖誕老公公的存在，但是越發覺得自己必須去相信什麼，就像相信我們能夠找到愛我以及我愛的那個人。也就是這種輕微的轉換，我發現聖誕老公公存在的形象其實只是提醒每一年年末的到來，自己日益濃厚的悲傷後面還必須想起自己曾經愛過的那些人，以及提醒這是一個節日。或許，依舊不知道聖誕節到底代表什麼意義，一種外來的傳說在資訊媒體的盛大慶賀下進行著，而我們消費並品味那些從小培養的美好想像，以此年復一年。當然，我必須真誠地承認自己是在意聖誕節的，例如相信那位一直不曾在破襪裡放下任何一顆糖果的聖誕老公公——雖然我們只是被外來傳說殖民的被殖民者，卻依舊渴望在平乏的生活中升起柴火，相互取暖。副熱帶島嶼始終難以下雪，而曾經落下的雪融在破掉的襪子中，我翻轉襪子，低頭尋找從襪間滑落的禮物，終究只看到自己那一截短短小小的影子，像一聲嘆息。

聖誕老人的禮物

陳夏民

他一個人來到這個雨的國度已經三年了，自他印象所及，雨從未停過，他不清楚是自己招來了雨，還是雨召喚他過來。

三年了，孤獨的國王不覺得孤獨，他固守著一間巨大的城堡，他先花了一年的時間打掃每一個房間，再花了一年的時間佈置每一個房間，又在第三年的時候把所有房間清空。他自己則是住在城堡正中央那一個沒有窗戶的房間裡，其他房間則住著叫呼呼的風，但最近連風都搬走了，只剩下他。

孤獨的國王不覺得孤獨，固守著一間無有之城，他的城堡是如此巨大，卻只能容納他自己。

三年了，不，早在好幾個三年之前，他就等待著什麼，但什麼都沒有發生，沒有人敲門，也沒有人打電話來，只有雨一直下，一直下。

雨勢較小的時候，在無光的房間裡，他會站在鏡子前，輕撫自己光禿禿的頭，然後發出呵呵呵的笑聲，但自己都覺得乾。他還記得，那時候他總是站在窗外觀看屋裡熟睡的孩子，撫摸著自己的鬍鬚，呵呵呵笑著，然後拔下一根銀髮，用心眼把小孩和銀髮重疊，然後輕輕一吹。呼！那根銀髮隨風揚起，在空中轉了三圈並穿過玻璃，緩慢墜落在孩子的床腳，變成他夢寐以求的東西。那時候，謝謝你謝謝你這些字句始終像是白色的雪花包圍著他，他爲此感到驕傲，因爲他是世界上最強壯的人，沒有東西讓他覺得冷。

謝謝你、謝謝你，孩子始終這樣說道。

不冷、不冷，他始終這樣說道。他的頭髮逐漸稀疏了，他覺得有些冷，但仍然繼續把頭髮拔下來變成禮物送給小朋友們。謝謝，謝謝，他依舊聽見小朋友真心的感謝，但空空的洞卻緩慢地在他的內心成型。

終於，那一晚，在那位小男孩的窗前，他拔下了最後一根銀髮，用心眼重疊了小男孩和銀髮，呼，吹了一口氣。一如往常，那根頭髮旋轉、穿透了玻璃，在床尾變成了一個褐色頭髮的布娃娃。他知道自己應該馬上離開，卻不自覺站在窗邊，直到小男孩醒來，他看著那名也是褐髮的小男孩抱著布娃娃，哭喊著媽媽、媽媽！聖誕老人謝謝你，但他卻不再感動了，只想趕快離開。

他已經禿了，也不想聽見任何人的道謝。

三年了，孤獨的國王不覺得孤獨，固守著一間無有之城，他的城堡是如此巨大，卻只能容納他自己。

他不再懷疑自己了，也放棄了所有生髮秘方，就這樣接受自己，並且安靜地住在城堡正中央那沒有窗戶的房間。

那一天又來了，他不經意地照了鏡子，竟發現上頭發了一根銀髮，他輕輕扯下那一根銀髮，用心眼把自己和銀髮重疊，然後用力一吹。呼！銀髮在空中旋轉了幾圈，在落地前變成了一隻美麗、英挺、閃著黑亮亮大眼睛的麋鹿。

「你準備好要出發了嗎？像以前一樣。」麋鹿問他。

「嗯，我們一起走吧，像以前一樣？」

他輕撫著麋鹿的毛皮，即使過了三年他依舊記得那樣的觸感，也不會忘記他們曾有過的冒險與經歷。他帶著麋鹿走到大門前，大雨依然下著，把他們都淋濕了。

「你為什麼還不換上紅色的衣服？像以前一樣？」夔鹿問。

他打開門，告訴夔鹿說：「你先出去等我，我要順便換上新的靴子，還要加一頂新的紅帽子。呵呵呵，像以前一樣！」

夔鹿走出門的那一刻，看見了斑駁的大門，忽然想起了有隻燕子曾經告訴他，一個關於王子銅像把身上所有裝飾的珠寶奉獻出去給窮人家的故事，那隻燕子現在不知道在哪裡？那個王子銅像不知道又在哪裡？

門關起來了。

「呵呵呵。你走吧，我走不出去了，我沒辦法像以前一樣了。我的頭髮禿了，再也沒有辦法給予任何人東西了。」孤獨的國王說。

夔鹿回頭看著國王，發現他臉上的皺紋在雨水折射下，看起來像是一片片斑駁的鏽。夔鹿似乎懂了，因此沒有說再見（他知道這樣最好），就這樣消失在雨裡。

三年，六年，九年，好多好多年過去了，那座巨大的城堡早已經被雨淹沒，而孤獨的國王依舊待在城堡正中央那個無窗的房間裡，等待著那理應出現卻從未到來的東西。

聖誕老人的新衣

徐曼蔚

「你想要甚麼，我都幫你實現。」

閱讀世界各地的小朋友寫給他的信是每天的工作之一。從他當起聖誕老人的第一天開始，所有的信件內容將近100％都說自己想要甚麼，唯獨這封沒有署名的信說要送一份禮物給他。聖誕老人將卡片翻了面，素白的雪銅紙，而且沒有任何印刷廠的字樣，讓他無從判別這是從哪一洲寄出的信。

「那我又要怎麼回信呢？」聖誕老人笑了笑，伸手拿起下一封信。不過說也奇怪，短短的十一個字卻縈繞在心頭揮之不去。自從上次上帝指派這份工作給他以後，每天他就負責聽著小精靈在世界各地的視察報告：A美在學校動手打人啦、B子對爸媽吐口水……年關將近的時候玩具工廠才營運動工，然後聖誕夜當天駕著他摯愛的麋鹿飛越天際發送禮物，其他的時間都認命地在家讀著要命的信。曾經他還收過一封信說很羨慕他，有玩不完的玩具，而且一年只要工作一天就好。但是如果認真想想，自己的生活其實無聊得乏善可陳。沒有約會也沒有環遊世界的空閒，聖誕老人反而驚訝於自己長久以來的清心寡慾。

「寫信給我的人是誰呢？」聖誕老人又拿起那張雪銅卡片，鉛筆的字跡看起來不像是小孩子，但是又有點歪斜……根據他多年的讀信經驗，如果是小朋友寫的信，十之八九都會在旁邊畫上扭曲的花花草草，不然就是完全不像自己的自畫像。經過種種的跡象分析，他認定這封信要嘛不是寄錯郵筒、不然就是某個動機不可考的惡作劇。

但卻是個猶如命運捉弄的大哉問。

「我要的到底是甚麼？」聖誕老人不停反問自己。說實在話，他的工作雖然年復一年大同小異，但卻是最鐵飯碗的工作；而且房子不會漏水，屋裡也有凍不著的暖爐。雖然旺季的時候忙得焦頭爛額，但是其他的時間除了讀信之外，還可以釣魚、種樹、在草地上打滾…而且只要他希望，神奇的麋鹿可以馬上帶他到世界的任何一塊地方。

但是他也是人啊，怎麼可能會有「人」沒有慾望的呢？聖誕老人越想越不對，他覺得一定是因為自己老了，腦袋也僵化了吧，才會笨到連這麼簡單的問題都無法回答。既然如此，一定有一個比他還聰明的人知道問題的答案！反正上個月才剛過聖誕節，現在正是適合休假的淡季，聖誕老人二話不說便整裝出發了。

要去找誰呢？全世界超過60億的人口，到底誰才是最聰明的人？聖誕老人想了想，大概是美國總統吧。畢竟這個十八世紀才獨立的國家，竟然可以躍居世界強國之一，想必領導者擁有過人的才智。於是他風塵僕僕趕到白宮，正巧碰上記者會。聖誕老人撿了一個沒人的空位坐下，身旁西裝筆挺的記者用奇怪的眼光不停上下打量他。

「那麼，現在是自由發問時間。」白宮發言人說，頓時台下每個人都踴躍舉手，聖誕老人也不遑多讓。「就挑那位聖誕老人裝扮的傢伙好了，您的打扮十分逗趣。」發言人要笑不笑地說。

「請問如果我有一個願望，我應該要甚麼呢？」語音剛落，四周馬上響起震天價響的笑聲。

「這位先生……」發言人努力掩飾自己的笑意。「我想您搞錯了，這裡是白宮，我們在開的是記者會，您應該去隔壁的 Dr. Well 心理診所。」話一說完，眾人又是一陣爆笑。

聖誕老人漲紅了臉，義正嚴詞地說：「我是認真的！」

白宮發言人也突然板起了臉說：「我們也是認真的。保安，快把這發神經的傢伙帶走，記者會可以這樣讓人問了又問、問了又問的嗎？」

四名彪形大漢的保安馬上圍上前要將聖誕老人帶走，但是他不停掙扎。「我是真正需要美國總統的人！我很需要他睿智的回答！原來這就是你們對待需要幫助的民眾的方法嗎？你這樣的人不配當領導者！你根本沒有資格和我們呼吸相同的空氣！」

說時遲那時快，一直站在發言人旁邊沉默的美國總統突然喘著大氣、臉色青紫，「咚」地一聲倒地不起。在場的人看到總統突發身亡全都呆愣在地，過了一秒才回過神，叫救護車、驅散記者……場面陷入一片混亂，連聖誕老人自己都錯愕莫名。

「就是他！他是殺人兇手！」白宮發言人指著聖誕老人，眾媒體開始搶拍現行犯的照片，更多的保安圍上來要將他逮捕。只見聖誕老人掏出腰間的一串鈴鐺，「叮鈴叮鈴……」他最忠實的麋鹿雪橇翩翩降臨，然後他快馬一鞭留下魔法的紅色粉塵就飛天揚長而去。隔天華爾街股市馬上崩盤，連那斯達克指數都陷入前所未有的低潮，還好雷曼兄弟已經早很多步宣布破產。

「如果連美國總統這樣的人都沒辦法告訴我答案，誰又會是世界上真正的智者呢？」聖誕老人苦惱地想著。這時候雪橇正好經過了梵蒂岡的上空，他想或許身為天主教領導者的教宗可以幫他解開疑惑。於是聖誕老人走近教宗的住所，「叩叩叩」輕敲三下，滿頭白髮的教宗開了門。

「落入凡間的精靈、在現實中的迷途羔羊，需要我為你指點迷津嗎？」

「是的，我想知道我最希望得到的東西是甚麼。」聖誕老人畢恭畢敬地說。

「啊……」教宗的臉上露出一抹欣慰的笑。「我很高興你願意向我訴說你的苦惱，我想你最需要的就是一本聖經。你知道上帝用七天的時間創造了人和世界，還讓他的兒子降臨人間，只爲了贖我們眾人的罪……你看看美國，甚至在美金鈔票上印刷『in God we trust』的字樣，所以他們才能成爲世界的強國，因爲他們是如此地信仰虔誠…假若你有任何疑慮，那一定就是因爲你的信仰不夠堅定。」

「可是分明就是上帝指派我當聖誕老人的！我親眼見過祂，我知道祂存在，我又何必去質疑？」聖誕老人說。

「這樣子啊，那……」教宗開始支支吾吾。「很抱歉，我無法爲你回答任何問題，但是我可以推薦一個人給你。你聽過『台灣』這個地方嗎？他是個台灣人，叫做李敖。」

於是聖誕老人馬上動身搭起雪橇來到台灣，但是他並不知道教宗口中所說的這個李敖住在哪裡，所以他只能在街上胡亂遊逛起來。經過一間販賣3C產品的店家時，玻璃櫥窗裡展示著大大小小吋型不一的液晶電視正好在播放政論節目。聖誕老人看到特別來賓中有李敖（桌上都放有來賓姓名的立牌），便很開心地打電話call-in。

「來自台北的……聖誕老人……？」李濤在電視上的臉變得扭曲。「呃……這位聖誕老人，請說？」

「我想問李敖，可不可以告訴我，我真正想要的東西是甚麼？」

攝影棚內的工作人員面面相覷，唯獨導播喝令所有的攝影機馬上將鏡頭對準李敖，而且還拉大了特寫。只見李敖慢條斯理地說：「這位先生，關於你的問題……如果2000年我宣布競選台灣總統當選的話，我就可以替你回答了。」

聖誕老人好生失望馬上掛掉了電話。他想，如果連美國總統、教宗、還有教宗的推薦人選李敖都沒辦法告訴他答案的話，世界上根本就沒有所謂的智者可言，窮盡此生他都不會知道問題的答案了。於是聖誕老人越想越傷心，坐在路邊嚎啕大哭了起來。這時一名綁著沖天炮髮型的小女孩走近身邊，遞出了一根棒棒糖。

「不要哭了，這麼大的人還坐在路邊哭，很丟臉的喔。」小女孩說。「棒棒糖給你，不可以哭了，不然媽媽會打你的。」

「你知道我是誰嗎？」聖誕老人看了看女孩，又看了眼棒棒糖。

「知道啊，你是聖誕老人，那你又為什麼要哭呢？」

聖誕老人想，反正問了一堆以為應該是世界上最聰明的人都不知道怎麼解決他的問題，誰知道眼前的這個小女孩搞不好真的能告訴他答案，於是他提問了：「那妳覺得，我最需要甚麼？」

「喔，原來只是這樣的問題而已啊，很簡單嘛，你需要另一個聖誕老人，因為這樣我就可以一次拿兩個聖誕禮物了。」小女孩聽到不遠的前方有人在叫她。「媽媽在叫我，我要走了。」

「啊，請等一等……你叫甚麼名字？」

小女孩回眸一笑。「我叫旻蔚。」然後就消失在他的視線之外。

旻蔚的童言無忌卻像核子彈一樣在聖誕老人的心中炸出蕈狀雲：我怎麼就沒想到呢！我的確需要另一個聖誕老人來幫我的忙，畢竟同樣的工作做了太久早就倦勤了……想當初剛任職的我是那麼地充滿活力，每天都很期待上班，甚至還會主動加班。可是現在除了釣魚種樹之外，好像就沒有其他的樂趣了……所以我需要一個新的接班人！

聖誕老人滿懷對旻蔚的感激來到上帝面前。上帝聽完他的期待之後，只是笑笑地說：「沒關係，如果你真的累了就退休吧，或許這個重責大任對你來說太勉強了，好像也該是時候讓你享受生活了。」

聖誕老人滿心雀躍地回到家，因爲他終於可以放手做自己想做的事情了！可是轉念一想，又擔心起這個世界如果沒有自己會怎麼辦？再也沒有人幫小朋友送聖誕禮物，世界會因此陷入恐慌，小孩子會因爲得不到禮物而哭鬧然後不肯上學；更重要的是，從此沒有人會相信不求回報的付出！

他實在無法想像沒有自己的世界會變得如何自私自利，所以花了一點錢在全球的各大報紙刊登徵人啓事：

「誠徵聖誕老人，待遇優渥，每年工作一天。
喜歡小孩，需深信世界有愛，意者請洽報社。」

聖誕老人想，這麼好的工作職缺全世界永遠只有一個，應該明天報社就會通知他後繼有人了。想到自己可以擺脫在草地上打滾的生活，不禁像隔天要校外教學的小學生一樣興奮得睡不著。然而一個月過去了，卻只接到報社退錢的郵件通知，因爲他們實在受不了一堆開玩笑的電話騷擾。而就在這堆失望的信件中，聖誕老人收到了第二張雪銅卡片。

「決定好了嗎？」一樣鉛筆書寫的歪斜字體，一樣樸素的卡片。

聖誕老人手握卡片，嘆了一口氣，接下來的日子依然認命地在家讀著要命的信，唯獨幫自己買了一疋嶄新的紅色布匹。他想，他還是甚麼都不要，把希望留給小朋友，因爲他只要一套新衣服就夠了。

火

王離

火來了。

穿過了什麼，一些聲音在外頭喊著：「火來了，快跑！」聲響鑽進火勢、在其中混攪，沒燒盡的殘渣成煙衝出煙囪，雨天。

雲層幾乎碰觸地面，車聲順陸橋流進城市近午的灰靄早晨。商店甫準備營業，鐵捲門滯緩拉開，聲響因雨隔絕讓畫面單獨存在如全景螢幕，人物行走隨雨光閃動擬似跳格，灰塵的粗大粒子減低了彩度，應該是寒冷的。直到店面燈光亮起，終於提供溫度與顏色，櫥窗多是紅、綠與金的組合，大概是城市不下雪的原因，總有些突兀、不夠完整。

每扇自動門重複打開、關上，在時間縮小後，成爲商店街的呼吸。雨勢漸緩，藍與陽光自遠處探手，傘少了，地面開始明亮，騎樓從靜止躲雨的群眾轉爲逛街的人潮，突然動起來彷彿生命重返。商店街賣的多是服飾、年輕人的樣式，以及不知作用爲何五顏六色的小物，或許女孩們會喜歡……時間縮小，白日像火花，更長的是黑暗；若放大檢視細節，能發現人群交會間擦出更小的火源，溫度稍縱即逝。陽光最強的時刻，包裝紙、提袋、笑容都反射炫目的亮點，路肩未乾的水漬範圍縮小，許多易忘的碎屑閃著。開門、關門，店員親切的介紹、包裝、結帳。開門、關門，每家店鋪相似的節慶氣息與熱情招呼，燈暖。

這是家玩具店，午後不是顧客最多的時候，店內販賣略高價的絨毛玩偶，多是不同裝扮的熊，適合冬日的觸感。音樂輕柔，擬造的音樂盒旋律，年輕店員聲音也類似於此、類似某種過往，色調更單純的年代。曾有女孩在此逗留，盯著店鋪正中純白毛皮搭配呢絨蘇格蘭紋外套的熊玩偶，兩雙無辜的眼神交會一個下午。玩偶約半人高，孩子不見得抱得動，價錢也讓父母考慮再三，但到這季節，或許會是驚喜的選項之一。時間縮小，日落，店內人多了，燈光對照暗下的室外暈成家庭黃，白熊果然是孩子們的焦點。

禮物是真實存在的，即使是其無形的部分。在經使用、消耗、失去型體後，物件本身仍永遠帶著屬於贈送者的意念，在某個時間以贈送燃燒後留下的灰燼重現於記憶；即使有時贈送者傾全力也無法舉起贈品的重量，但燃燒同樣存在，總會有灰燼留下來。白熊將被包裝，贈送者的笑容成為火種，包裝中的手是打火石，喀擦、喀擦……

街上路燈繞著許多小蟲，他們與人都趨光，卻是唯一ㄗ在城市暗去後仍常駐於此的。人則隨車燈開始逆流，城市的溫度漸被抽走，所幸還有趁夜進城逛街的群眾，稍飽和了顏色。夜晚有月光，不如傳說般冷，撒落的清黃夾帶需仔細感覺才知其存在的安定，使人不若白日躁動，更有餘裕接受一切景象聲響……時間縮小，贈送者已不在此。

離開鬧區，甫過市郊指示牌，便是另一股氣氛。城市的空氣結塊、自成一個系統，市郊則是活動的氣流，能迅速引每人至家門。路燈不知何年起改為黃光，從此得以溫度為引力點，離開一盞燈後便由另一盞燈領前，一盞盞指向最大的終站。時間縮小，燈火便成為脈動，越來越快，直到入眠的山後小鎮。

鎮上房屋多低矮，遠處是山丘，寂靜的道路偶有晚歸的車駛過。大多房屋都暗了，窗則或黑或仍亮著小燈，尚醒著的人處理未完的事務、不甘入眠的則捕捉一日最後的時間。明天不是假日，節慶不屬於這國度，但孩子在長大前屬於節慶，他們的床頭掛著象徵的願望，也許將被滿足、也許不會，期待與落空自此便成爲人生的課題，直到生命結束剎那，仍然不會結束……或許有些人結束了，但總有人繼續等著補交未完的作業。

小鎮其中一家仍活動著，多日的疲累尚未到休息的時刻，客廳點著兩隻蠟燭、擺設一些祭品，全家人一晚不斷祈禱、放手、等著手中以錢幣代筊的應許，終於過了大半天後得到答諾。接著匆匆完成祭拜、送客、收拾，許多雙疲累的雙眼再擠不出什麼，一日已過，隔日要上課的孩子先上床了。最後將須維持燃燒的燭火以不熄的燈泡替代，客廳燈保持大亮，樓上房門紛紛關閉，歸於漆黑。

二樓無人的房間已幾近淨空，收拾好的雜物擺在一旁，熟悉的照片掛在牆上。隔壁則屬於女孩。她床頭什麼都沒有，今天她不適合節慶，更無法期待禮物。寂靜，房間無光，窗簾是拉上的，但隱約有難以辨認的顏色，凝成影子疊上牆面，放下了什麼，終無法在早晨成真。突然車聲伴隨車燈自窗外閃過，像火花般來不及捉摸。

女孩的夢裡，爺爺帶著呢絨蘇格蘭紋外套的大白熊坐在床角，火光閃現，爺爺的笑容將成爲灰燼，持續在未來最寒冷的時候悄悄復燃。

疑似遺失遭竊的明信片

孫梓評

01

我們都到了另一個島
從假設的島到消失的島
時間說出真心話
已經辨識過的語言、聲音、形狀
就可以掛起來
或牽掛起來

直到碼頭熄去最後一盞燈。

然而你知道，全部的黑暗是絕無可能的
就像完整的自我
或瀝乾的某一種稱之爲愛

02

心放在那裡，反正也是荒廢著
能夠燃燒就給它火把

像一場奮不顧身的填字
祕密一樣地把自己填進去
從此視事而非，森林塗炭
但身體的原處
仍有一株完好的向陽植物
不放棄任何最大公約數

——心放在那裡，反正也是荒蕪
公地放領，三七五減租
耕者有其田的時代來了。

有鹿唉愁

有泰山，有鴻毛
有聖誕老人之重
有床邊毛呢中統襪
之虛心，有電腦螢幕上
虛擬賣力風雪，門口餐單上
饕餮翻閱過的指紋

從苔原蒼綠出發，像踩過地球的
一條舊毛毯
這是最長的加班日
信教與不信教的孩子們
有十字架和沒有十字架的房間
一夜之間我從寒帶到熱帶並且
持續假裝在寒帶
我分不清自己的樹枝與
別人的犄角，我的銀鈴們
扯掉了紅緞帶

楊佳嫻

在工業區蒙塵
在噴水池旁生鏽——
X的！那傢伙
又卡在煙囪了
聖誕老人不需要聖誕大餐
我不無憐憫地想，他其實是
最孤獨的一名
紅衫軍

紅色的雪

阿丹

無意識按下不會響的鬧鐘，翻過身，依舊埋在棉被裡。才過了四天，人生怎麼那麼長。已經沒辦法再入睡，但她就是不想起身，一旦恢復日常的生活，那些事就會回來。突然覺得好渴，喝了好多的水，像是把地球上的海水都灌入身體。鹹鹹的海水。已經過了四天，那個人一通電話也沒有，真的不要她了嗎？打開冰箱，看見一桶還來不及拆封的冰淇淋，一匙一匙吃了起來。沒有人來的晚餐，無法一起去的旅行。閉上眼睛，彷彿又聽見電話中他的聲音：「對不起，我沒辦法過去……我們，不要再見面了。」

沒有陽光照射的房子，夜裡更黑了。她睜開眼，看見地上溶化的糖水，原來不小心睡著了。她覺得餓了。冰箱裡有一隻烤雞，是那天的主菜，才幾天而已，不至於腐敗。先夾一點烤蔬菜到小盤子，再把雞塞進烤箱加熱，冰冷的烤馬鈴薯令她牙齒打顫。腦海裡突然閃過一個念頭，手機應該早就沒電了，也許這段期間，那個人曾經試著撥打她的電話。她想像著那人因爲聯絡不上她而焦急。希望。但失落感旋即擊潰她，真心想找一個人，不會因爲手機沒電而放棄，他又不是不知道她住的地方。

日期就要到了，他們原本計劃的旅行。聖誕節、新年，她多請了好幾天的假；能和他有長時間的相處相當難得，就算現在想起來，她還是覺得期待。是因爲要去的地方，還是因爲和他在一起？機票、飯店，查了一下，沒有取消，錢是他付的。不完美的聖誕禮物。她撕掉另一張機票。

阿一呆在窗前，看著外面的積雪。有隻狐狸跑了過去。

「小狐狸小狐狸，你要去哪裡？——買肉丸子啊；
小狐狸小狐狸，你有錢嗎？——有樹葉變的錢；
小狐狸小狐狸，人類會把你做成肉丸子唷，——那我就變成人類的小孩；
小狐狸小狐狸，我和你都喜歡吃肉丸子，買一串給我，——好啊好啊，阿一君。」

阿一看著外面的積雪，唱起歌來。街燈亮了。有個女人，緩緩走了過來，一個年輕的女人。紅色頭巾在雪地上非常醒目，阿一的目光忍不住隨著她移動，女人大概察覺到，望向他淺淺地笑著：「先生晚安，你好不好呢？」阿一害羞了起來，女人又問：「你叫什麼名字？」「阿一。」「原來是阿一，阿一長得好可愛，長大後要變成很棒的男人唷。」輕輕地繞過小屋消失了。

阿一回過神，那個女人是誰？他想起雪女的傳說，覺得有點害怕，可是並不認爲那個女人是雪女。她看起來很溫柔。阿一大大地呼出一口氣，白煙往上飄升，溫度更冷了些。媽媽喊阿一快來幫忙，他跳下小圓凳。今天是平安夜，媽媽做了好多豐盛的料理。那個女人不知道哪兒去了？是客人嗎？如果她還在這裡，阿一希望媽媽請她進來喝碗熱湯。但今天有更重要的事，爸爸要回來了。他往廚房走去，一邊想著，這世上一定沒有聖誕老人。

落雪。回到民宿，掛上外衣，沖了一杯熱茶，窩在窗邊的椅子上。天色已經黑了，雪不應該被看見，可是卻感覺得到。她離開的那個地方並不是沒有雪，卻不曾有過這種刺痛全身的感覺。把身體裹進那塊布，希望多少可以得到安慰。至少這是她熟悉的東西，跟著她好久，紅色的頭巾。從小就戴著，小時候她是小紅帽，開心無憂無慮，就算被大野狼吞進肚子也會有像王子一般的獵人來救她。長大了，頭巾保持得還很好，只需把縫線拆掉，頭巾就放長了，可以繼續披戴；煩惱也跟著放長，綁在身上。痛苦也一樣。這是成長的代價。

去年她抱著快趁年輕好好認識這個世界的心態，計劃到好幾個國家旅行。那時候來到這地方，一樣住進這個小屋，卸下行李，迫不及待先複習隔日的行程。當晚就在聯誼廳遇見他，聊得很開心，也許是因爲人在異鄉，沒有心防，他們馬上就在一起了。原本安排的參訪景點，她一處也沒去，整天窩在她的小屋裡，把自己交給他，不論是她的身體或是她心裡的所有秘密。她希望能和他永遠在一起，可是她相信幸福短暫的宿命，兩個人很快就要分開。不過世界很小。回國後，她在餐廳遇見他，原來兩個人都常到這兒來，也許以前曾經擦身而過。她決定珍惜這場上天安排的新人生。

她非常忙碌，但也過得相當充實。每天彷彿有用不完的精力，加班迎接新的工作上永遠處理不完的事情，還要配合他的時間挪出空檔約會。他總是安靜地握緊她的手，好像就要失去她，讓她以爲自己嗅到沉穩可靠的氣息。他們之間沒有太大的壓力，不肯把對方綁緊，有一搭沒一搭地講話，卻又用盡了力氣把對方放進心裡。雖然他常來找她，卻讓她難免要抱怨他從不留下過夜，調侃自己是他的外遇對象。不過她私底下鬆了一口氣，工作上的疲累著實讓她需要睡眠，與人共枕她無法睡得安穩。

在她生日的前一個禮拜他就不斷提醒她，這天盡可能不要加班，快點回家，她好奇會有什麼驚喜。把事情交代完後，她迫不及待地回到家，假裝按了電鈴，他笑著應門。一桌子的料理，雖然不是他親自下廚，不過也夠讓她開心了。他們喝著酒，慢慢地享受這個美麗的夜晚。讓她最開心的不是收到那支腕錶，而是他第一次留下來過夜，對她而言，這是她得到的第一個珍貴的禮物。她沒想到自己竟然會這樣期待。

相遇後將近一年，他們計劃耶誕假期，回到當初相遇的地方。她在意這種儀式，去感謝……神或是一種靈，安排了她的命運，將他牽扯進她的人生，像被寫進小說裡的男女主角的相遇。「……你為什麼不回答我？」「我對不起你，我實在沒有什麼可以說的……你還在聽嗎？也許我們還能繼續當朋友，如果你願意的話……」她憤怒地掛上電話，她當然不願意，太可笑了，他怎麼說得出口，當朋友？竟然說他一開始就暗示過其實已婚的身分，只是她被快樂沖昏頭，沒把這些話聽進去。原來只是她選擇欺騙自己，命運掌握在自己手裡，可笑的千古名言。她什麼都不要了，真實的世界太殘酷。從前她厭惡自己只是個命定的角色，照本演出眾人熟知的劇情。現在，她寧願不曾經歷這些，一開始就待在童話故事裡。地上的積雪愈來愈厚，從前她住的地方也有雪，卻不曾讓她感到這種刺骨的感覺。也許這裡的雪比較冷。

阿一總是一個人玩。他正在堆雪人，手上戴著爸爸昨天送給他的聖誕禮物，棕色的鹿皮手套，好輕好暖。昨晚媽媽煮了好豐盛的料理，因為爸爸難得回來，而且又是平安夜，大家吃得好撐。阿一得到好多禮物，新衣服新鞋子，他問爸爸怎麼知道他長得多高，爸爸笑著說是聖誕老人告訴他的，阿一笑了起來，心裡想著，明明就是媽媽偷偷告訴他的。媽媽笑著跟阿一說，爸爸是聖誕老人，每次都送給阿一許多好東西，而且還把阿一送給了媽媽，媽媽摟著他，說阿一是聖誕老人送給她最好的禮物。阿一跟著喝了一點點酒，爸爸教他唱了幾首歌，然後他跟爸爸媽媽祝福耶誕平安就早早去睡了，把剩下的那一點點夜，留給他們。

隔天一早爸爸就走了，媽媽每次都要哭得傷心。阿一也起床送他出門，爸爸總是跟阿一說快點長大，吩咐他要好好照顧媽媽，阿一答應爸爸。他揮著手，直到看不見為止。他很勇敢，不會哭，不會為了爸爸哭。媽媽總是說，爸爸的工作很忙，所以每年只能在平安夜回家一趟。

他和媽媽一起住在郊外的房子，經營民宿，這是那個他稱作爸爸的人的供給，對他們所能做的補償。阿一知道，這個家是沒有爸爸的，爸爸有他真正的家。

有人走近，紅色的頭巾，阿一認出了她。那女子看見阿一，笑著走了過來，蹲在他的身旁說：「你是阿一，對不對。」阿一點頭，心想她竟然記得自己。「阿一還是這麼可愛，不過看起來長大不少呢。」然後溫柔地把手放在阿一頭上，接著又擺到自己頭頂往上比，好像阿一長得多高似的。把自己當成小孩子呢，阿一覺得有點厭惡，心裡想著：「去年看見你的時候，我本來很喜歡你呢！」「這家民宿是阿一開的，原來阿一是老闆啊。」阿一冷淡地回答媽媽才是這裡的民宿主人，女人笑了起來：「原來如此，真是太可惜了，我以爲你是老闆，本來還希望你可以請我喝酒。」「我們家沒有賣酒，因爲有的客人喝了酒會搗亂，所以我們是不賣酒的。」女人斂起笑容：「原來是這樣子，真是抱歉呢。」她站了起來，將頭巾重新披在自己身上。阿一看著她，覺得那畫面很美，阿一還是很喜歡她。那女子說：「我好想看看這邊的美麗風景，可是我不認識路，阿一應該對這邊很熟吧，可以當我的導遊嗎？」他點點頭，轉身進屋子帶了水壺，走在女子的前方，示意她跟著自己。

阿一帶她去看了幾個觀光客會有興趣的地方，才發現她沒帶相機，她說單純想散步，而且她腦袋很好，能把景物像照片一樣存在腦袋裡。阿一問她還想要去哪裡？她說她要看花，阿一爭辯這個季節怎麼可能會有花？女子說去年來的時候，她經過一個地方，看見那邊有一棵樹，樹上開滿了紅色的花。「怎麼可能有這樣的地方而我不知道的？」「有，有這樣的一個地方。」女子說完逕自向前走去。阿一在後頭喊她，又怕女子迷路，於是跟了上去。女子回頭，等阿一過來，牽起阿一的手，溫柔地對他微笑。雪開始飄了下來。

女子緩緩地走過雪地，冷冷的風呼嘯而過。她拉緊頭巾，把手兜在嘴邊呵氣，快步跟上前方的一頭麋鹿，把雙手埋進牠柔軟的毛皮裡。麋鹿回頭看著女人，輕聲地喊了起來，女人笑著對麋鹿說：「不要急嘛，我走就是了。應該就在前面不遠的地方，再走一段路吧。」牠不耐煩地跺著步，女人安撫：「這樣吧，我講故事給你聽。從前從前，有個小女孩，戴著紅頭巾，就跟我頭上這個一樣，大家都喊她小紅帽。有一天，她最愛的外婆生病了，小紅帽要去看她，結果路上遇到大野狼。牠騙小紅帽去採花，自己溜到她的外婆家，一口把外婆給吞掉，然後裝扮成她的模樣等著小紅帽來，把她也給吃了。呵，你說這個故事好不好笑！還有更不可思議的，獵人經過外婆家，想去打招呼，一看見躺在床上的大野狼，就把野狼開膛剖肚子，救出小紅帽和她的外婆。哈哈哈，每次說到這邊我都快笑死啦！」女人擦去眼角的淚水。

麋鹿逕自啃著乾枯的樹幹。「傻瓜，那個東西你啃不動。」女人拍了麋鹿的背，牠嚇了一跳，抗議地叫了一聲，繼續往前走。「大野狼不知道自己應該吃什麼，所以牠死了，你要好好記住這點。這世上的壞人很多，你也要記住，不要隨便跟著人走，不是永遠可以遇見救你的人……就算救了你，也不見得是好事。誰能說那個獵人是個好人？我倒寧願當初死在狼肚子裡……童話故事只有從前，卻沒有後來。」女人環抱麋鹿的頸子。「有你真好，你是聖誕老人送給我最好的禮物，」她把臉湊在麋鹿溫暖的身上，「永遠不要離開我。」女人說。

阿一的母親望向窗外喊他的名字。遠遠那片白茫茫的山坡上，彷彿有個身影在那兒把雪染紅了，應該不會是阿一；不過那看起來更像是一棵樹，幻影般地在雪地裡開滿了紅花。

冬天我醒來

for St. Nicholas of Bari

金綠枚

冬天我醒來，變成
一件短大衣，將你裹起。

你這詩酋，該如何說服你
陪我上山去？

山丘上鳥雀零落，
只有孤單的松鼠。

從這兒，你可以
看見我的城市，大河盆地我的家居。

不老的北方之眼裡，
淡水河的耶誕想必年輕無比。

你的分身們，穿梭百貨公司和飯店lobby
冬天我醒來，變成
一頂軟呢帽，覆你銀白長髮。

你這詩酋，該如何爲你
編結虬絡髮絲？

髮流中，聽你
吟哦，憶起

史前白令海峽，或者
格陵蘭……那大島

此時融冰漸遠
草長鷹飛，牛羊放牧，
將已成爲綠島。

最後你還是

叮叮咚，咚
咚。

最後你還是
不從來的地方來
也不往離開的地方
離開暮色。
很晚了
不穿襪子就上班去
我們的關係
寫不上字了吧
我想

翰翰

在車上睡著也是
幸福嗎
幾個夜裡，你數位穿梭過的
時空，荏苒
簡訊都留白
叮，叮，咚咚
來到我未竟的夢中

碼頭邊的船，走了
響笛對著我無言
寂寞不再被叫醒了親愛
潮浪仍然拍打著信差

成長學筆記

汀汀

1
五月的汽球載不動夢想
只好努力地走啊　走啊
直到親眼看見星星
也不過是一顆石頭
於是我放火燒掉
童話，親吻冰冷的蘋果
忘記小時候許的願望
要帶一顆羊背石回家

2
大人們教我
在說完謊話或髒話之後說一聲「阿門」
一切的罪都可被赦免
不久之後我就成爲了一個聖潔的大人
我深深地引以爲傲

3-1
看著遠處孩子手裡的仙女棒
點燃自己手裡的黑大衛
管他天上有幾顆星星
擁吻的時間絕不許浪費

3-2
椰子樹下是剛告白失敗的男孩
身旁一名小女孩　興奮地
奔跑。跌倒了但不哭
男孩想起了什麼

4
今天「可能」是在「接近」中午的時候
「或許」我會想要吃一碗「類似」牛肉麵的食物
「可以」加蔥「也可以」不加蔥
但「根據數據顯示」，我「通常」偏好不加蔥的時候比較多
當然「偶爾」也會有「例外」的時候

教授說這個句型必考。

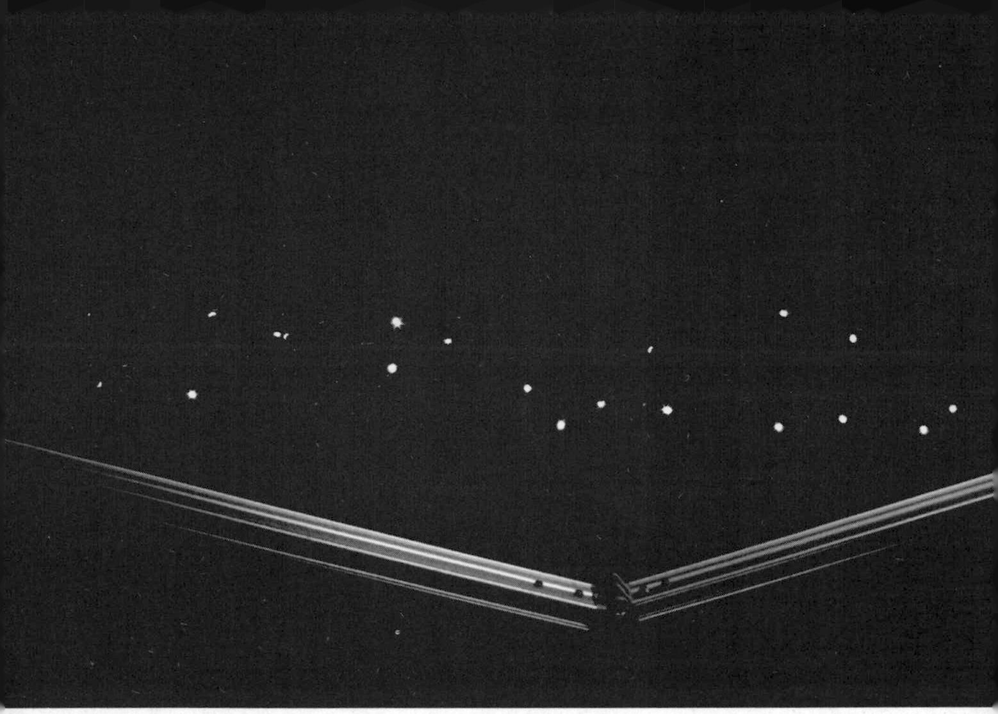

就算研究所不考，以後出社會還是每天都用得到。
P.S.「」內的詞要熟記。

5

要想成爲一個會呼吸的樹洞
就得放棄打噴嚏的權利

都市人滿滿的心事把樹洞都醞臭了
夏蟬都不來了
只能等在冬季的風裡偷偷嘆一口氣
啊——
樹洞的心事就這麼飛走了

6

同學會上你一句話也沒說
但我仍看見了你背後的翅膀
雖然流著血，但染不髒純潔的羽毛
後來在路上看到一個男人
他拖著羊背石回家。
於是我又開始相信聖誕老人

2003/8/26

真正虛構的不是聖誕老人而是對聖誕老人的幻滅吧

曾谷涵

開國術館武功高強的外公今年打算辦聖誕派對
他要對已經離婚了二十年的外婆再求婚一次
姨媽們計畫那天要打扮成小天使而逼舅舅要穿麋鹿裝
現場該不會還會有其他村裡的老人家一起來狂歡
外公人很好是幽默風趣的老帥哥在我小時候
最愛玩那種從背後偷捏我屁股又假裝沒事的幼稚遊戲
我不理他之後他就找下一個孫子玩個不停
是因爲愛玩太風流所以把外婆給氣走的嗎？
去年媽媽子宮開刀的那時候外公來探病正好外婆也在
外公還想偷捏外婆屁股可是外婆靈巧地躲開
我覺得外公實在太輕浮了但外婆笑了出來
而媽媽也笑了出來笑太用力因此傷口又滲出血
不知道外婆怎麼想的他們倆已經都單身很久
我男朋友覺得這太酷了所以打算跟我去
這表示我還得在當天出櫃嗎我怕我媽去年傷口因此又滲血
我不得不滿心期待這個日子了聖誕老人有老婆嗎畢竟
真正虛構的不是聖誕老人而是對聖誕老人的幻滅吧

沒有煙囪

葉覓覓

我沒有屋頂，沒有煙囪。在你抵達之前，我拼命假裝自己其實有菸抽也有煙囪，79支煙囪。可以讓79個你，同時溜進的79支煙囪。假裝自己養了79隻襪子，假裝你會餵給牠們79份禮物，假裝你聽得見我和襪子們心猿意馬般的願望。

所以你會來嗎？如果我沒有煙囪、永遠只能假裝自己有煙囪？如果我在地板躺下，嘴裡含著一根浮潛用的呼吸管，假裝那就是我的煙囪，你還會來嗎？你會不會抱著你的馴鹿朋友，沿著假冒而不冒煙的煙囪，滑入我的身體裡面呢？

在我的左半邊，或許，你可以找到一批真真㊣㊣的煙囪，通往別人家裡的那種；在我的右半邊，你會找到幾隻叼著雪茄的母狗。如果你來，我猜你八成會選擇從雪茄溜進母狗，然後再從母狗右半邊公車的排氣管溜進一座被公貓填滿的公共場所。

我的屋子好鬆，沒有煙囪。
可是我好希望你來噢。
沒有禮物也沒有關係啊。
我只是需要跟你借一點北極來的雪紅色體溫，
用一種最聖誕快樂的方式，
把肥胖的冬天從我冰冷的掌心驅離。

My Gift

神小風

聖誕老人會在晚上爬進煙囪裡，不論是好孩子壞孩子，都會得到一份獨一無二，專屬於自己的禮物。

大家都相信，這個世界上有聖誕老人的存在。

那天晚上，我看見了聖誕老人，他的帽子脫了下來擱在床頭，正往袋子裡拼命掏禮物。

「聖誕老人。」我說，張開眼睛看著他，他嚇了好大一跳，帶著責備的神情：「妳難道不知道，聖誕夜乖乖閉著眼睛睡覺，是一種禮貌嗎？」

「我不要你的禮物。」我爬起來，認真地望著他：「我不要那種每個人都有的，除非你給我真正獨一無二，專屬於我的那種。」

「可，可是聖誕禮物這種東西，本來就是每個人都有啊！」聖誕老人露出手足無措的表情，也許是第一次被客訴吧。

「就算禮物本身不一樣，但如果每個小孩都有，那就不算是獨一無二啦！」我說。

「那，那妳說該怎麼辦？」

攝影／平頭鬼

於是在那個不會下雪的夜裡，我們想出了一個辦法。

後來孩子們不再那麼說了，不再那麼單純快樂。他們說：「只有笨蛋才會相信世界上有聖誕老人。」

身上有種被背叛的味道，憂傷且憤怒。聖誕節終於正式變成了商人們的節日，因爲聖誕老人永遠永遠不再出現了。

他安靜地待在我的床頭上，一個小小的玻璃球裡，不需要等到聖誕節，我隨時都可以把它拿起來搖一搖，四周有雪花飛舞。

親愛的聖誕老人，我已經不需要任何禮物了：「你就是我的禮物喔！」沒錯，我現在是這個世界上，最單純快樂的人了。

祝你聖誕快樂。

黑色馴鹿

何亭慧

我相信你，聖誕老公公。

至少十個夜晚，我在門上掛著長長的褲襪，在甜蜜的期待裡入夢。媽媽說褲襪才裝得下禮物，不睡覺你就不會來。

你來拜訪的時候會先敲敲窗戶，和媽媽打暗號，看看我們睡了沒。

我相信你，我還和你通過電話呢。

那年我決定不把自己想要的禮物告訴媽媽，我想你一定會知道的。最後你打電話給我，媽媽說，快告訴聖誕老公公吧。我只好小小聲講，但我太害羞，沒等到你回答。

七歲的耶誕夜，我被一陣哭泣吵醒。黑暗中，聽見媽媽又哭又罵，擔心死了，這麼晚回來，又連絡不上……爸爸低沉的聲音則安撫著、解釋著。我卻一心只想你不曉得來過沒有，假裝睡眼惺忪起來上廁所，順道摸摸襪子——啊，儘管天還沒亮，禮物已經塞滿了，於是開開心心等待起床時間。

禮物可能是絨毛玩偶、組合玩具、漂亮的日記本，但一定會用糖果和巧克力塡滿縫隙，一邊拆禮物，一邊可以把嘴巴咂得甜滋滋的。

小學六年級，爸爸的工廠倒閉。眼看聖誕節就要來臨，媽媽把我和妹妹、小弟叫來，揉著疲憊的雙眼，愼重其事地告訴我們：聖誕老公公的秘密是——沒有聖誕老公公。

從此以後，不再掛襪子，不再有天亮時的驚喜。

但我相信你，聖誕老公公。

你仍然看著我們長大，注意我們有沒有乖，是不是認真讀書、有好品格。一年一年，你的禮物不再裝進襪子裡，卻還是神秘兮兮的。在外求學，存摺裡會突然多出一筆錢，或收到冷凍包裹，裡面是你拿手的醬油肉燥，分成一小袋一小袋裝，拌飯拌麵香極了。就學貸款準備開始付時，居然只剩下二分之一。

我結婚，你從頭到尾只是微笑，沒說太多話。我懷孕，你說，狗送我吧。我知道你怕我太勞累。

活潑黏人的黑色土狗，竟然是一份禮物。你每天帶牠出去散步兩次，用盡方法疼牠。媽媽說，你爸爸如何如何太寵狗了，又說，這樣好，你們不在，家裡多了說話的對象。

我想像一隻黑色的身影，拖著聖誕老公公奔跑，越過家附近的草皮和人行道。聖誕老人樂呵呵的，鬍子有些斑白，穿著暗紅色毛衣，口中輕快地吹起歌來。

聖誕老公公，聖誕快樂。

「夏天是別人的設施了。」

田袁

一條街經過我一些時序訛誤衍生
幻聽，震耳欲聾
幾句話迴避了禁忌的某人惻惻閃爍（我不被迴避成爲見證者）
狂歡在逆光的幽黯裡發聲（我只許見證成爲另某人）

貼牆卻見自己反
白的身形（別人的唇齒間逍遙
而疏離地投影）無可分心重見彼火亮建築裡往
來所錯失的無聲熱烈對話一把槍默許了另一把槍的安逸（但我眈望
後者的暴力）

冬日還生澀如嬌稚的呼吸冷空氣還原碎裂
往昔啊停格氾濫的電影

所目爲一條條沉沒的船屍那些退場
至無謂焦距之處的灼蝕不再腐壞謹重擁抱之必要
此刻歇止的音樂決定了
最新的
偏斜與盲

夏天是別人的設施了我知道

。

狼來了，可是狼死了

袁兆昌

許久許久以前，許多國流傳與狼相關的許多童話故事，都說狼會吃小紅帽。「狼」惡名昭彰、死不足惜，卻畢生承受失敗的捕獵經驗，任憑牠如何聰明機敏，在童話裡都要算進世界上受飢荒困擾的份子。

小狼阿聿出生於狼國軍官世家，有狼國最優秀的血統。他背負「向人類復仇」重大使命。在狼族中，有一部聖書叫《狼來了》，講述狼的先祖因牧者謊言而大吃一頓，簡直是狼族行使神蹟的神聖使者。阿聿讀後百感交集：「多得說謊的牧者！要不是他說謊，故事裡的狼又何來吃之不盡的羊？」

阿聿立志要獎勵說謊的孩子，吃掉誠實的孩子。

人界這麼大，如何找到有孩子的家戶？如何知道哪戶孩子撒過謊？他登入人界的網絡搜集資料，竟然找到個方法來。原來人界有個「聖誕老人」，本來是個滿臉白鬍子的荷蘭主教；得了超能力之後，飛在天上，要在聖誕寒冬爲孩子帶來富足的暖意。只要吃掉他，便可用他的名義騎雪橇、跑煙囪。

聖誕快要來了，阿聿模仿人界孩子，在窗戶前掛上紅襪子。聖誕老人噹噹噹的到來，在煙囪裡中了機關，跌到火爐那些木柴堆時，已是殘肢。阿聿撿起他其中一條手臂，發覺他竟長滿了熟悉的毛髮，還在他已破爛的皮包裡，找出一冊《狼來了》和筆記本。

他拍拍筆記本上的灰燼，看見爺爺的名字。

Merry Christmas

太宰治

「東京，總帶有一種哀傷的活力——」當我還在思考該不該以這句話當做開頭時，我回到了東京。東京一點也沒變，我的眼中映出了過往東京生活的點點滴滴。

在此之前的一年三個月，我都住在津輕的老家，今年十一月中旬才帶著妻子一同移居到東京，但卻只像是結束了兩三個禮拜的小旅行。

「久違的東京，沒有變好也沒有變壞，都會的個性一點也沒變。當然，形而下的改變是有的，但就形而上的氣質來說，這個城市和以前沒兩樣。只有死亡能治療愚笨的人。如果可以稍微改變一下的話也不錯，喔不，我認爲是一定要改變的。」

我在寄給鄉下某友的信中如此寫著，但我自己也仍然和以前一樣，僅穿著兩件久留米絣的薄外衣，在東京的街頭閒晃。

十二月初，我去了東京郊外的電影院（與其說是電影院，其實只不過是一間粗糙又可愛的小房子），進去看了一部美國片，散場時已經接近傍晚六點了，東京的街頭在夕照下像被滿滿的白霧籠罩著，在霧中人們來往匆忙，充滿年終歲末的氣氛。東京的生活果然一點也沒變。

我走進書店，買了一本有名的猶太作者的劇本集，收進懷裡。望向書店的出口時，忽然看

見一名少女，站立的姿勢彷彿鳥兒即將起飛前的那一瞬間，望著我嘴唇微啓，像要說些什麼，但尚未發出聲音。

是吉還是凶呢。

雖然我過去常在外拈花惹草，但現在可是收斂許多，要是不巧遇上過去玩過的女人，那就是大凶。但我逢場作戲過的女人還不少。不，應該是說過去全都是那種女人。是新宿的那個、那個誰嗎……要是是她的話就傷腦筋了。還是那個呢？

「笠井先生。」她輕喚我的名字，微微向我行了個禮。

她戴著綠色的帽子，帽帶繫在下巴，穿著紅色的雨衣。我望著她，眼中的人影竟越變越年輕，變成一個彷若十二、三歲的小女孩，和我記憶中某人的影像重疊起來。

「是靜江子啊。」

是吉。

「來來來，出來吧。還是妳還有什麼想買的雜誌嗎？」

「不用了。我是來買一本叫《艾莉兒》的書，已經買到了。」

我們走在時近年末的東京街頭。

「妳長大了呢，我都快認不出來了。」

真不愧是東京。竟然會遇到這種事。

我跟路邊的小販買了兩袋每袋十圓的落花生，收起錢包，想了想，又拿出錢包再買了一袋。從前我到這孩子的母親那兒去叨擾的時候，我總會特地買點什麼土產帶去給她。

她媽媽和我一樣年紀，而且是在我記憶之中、在這麼多逢場作戲的女人之中，她是極少數、極少數，不不不，應該說是唯一一個，即使在路上碰巧遇見了，也不會讓我感到恐懼或困擾的女人。但這是爲什麼呢？我試著提出四種假設性的答案。如果是因爲這個女人出身於望族世家、並且擁有病態的美貌，我光是聯想到要正襟危坐這種事就覺得煩了，所以不太可能憑出身貴族這樣的條件就成爲我心目中那個「唯一的人」。如果說是因爲和有錢的丈夫分開之後，生活頓失依靠而失魂落魄，帶著僅有的一點點財產和女兒一起蝸居在公寓裡的話，也不太合理，因爲我對女人本身的話題不感興趣。再說，實際上是爲了什麼原因跟有錢的丈夫分開、僅有的一點點財產指的又是多少，這些我都不想知道。即使聽過，也很快就忘了。女人一旦講到自己的身世有多麼悲慘，只會使大家覺得這女人說的話太過誇張，而不會憐憫她。也就是說我並不會因爲這個女人的出身、美貌、或甚至是後來落魄的遭遇，這些看來很「羅曼蒂克」的條件，而使她成爲我心中「唯一的人」。真正的答案是接下來這四個。第一，是她講究體面。外出回到家，在玄關就會先把手腳洗乾淨；即使落魄，卻仍住在有完整兩房的公寓裡，並且不時清掃屋內的每個角落，連廚具都相當整潔。第二，是她對我一點意思也沒有，而我對她也沒有意思。就性慾的面向來說，那些令人無所適從、不愉快和麻煩的事，去猜想她是因爲同情我還是我自以爲是，試著去勾引她卻又陷入兩人的拉鋸之中，諸如此類數十年、數千年如一日的陳腐的男女鬥爭，是不存在於我和她之間的。就我所見，這個女人還是愛著她前夫的，在心中還是深藏著「以身爲那人的妻子爲榮」這種想法。第三，這個女人和我的想法相當契合。當我覺得這世上所有的事物都無聊至極且難以忍受的時候，不管和我說再多的話我都提不起興趣。每次我去找這個女人的時候，她總能看穿我，從我身上找出我感興趣的事物來和我說話。她還說過這樣的話：不管在什麼時代講真話的人都會被殺掉，對吧，約翰也是，耶穌也是，只是約翰沒有復活而已。對於目前仍健在的日本作家她則從來沒有表示過任何意見。第四個答案，說不定也是最重要的一個，就是在那女人的公寓裡，隨時都有相當豐富的藏酒。我並不覺得自己是個吝嗇的人，但是，當我在每一個酒吧都債台高築而感到憂鬱時，腳就會不由自主往可以讓我喝個夠的地方去。即使戰爭永無結束之日、日本的供酒因此而越來越貧乏，只要去那間公寓，就一定有什麼可以喝的。每次我帶著一點不成敬意的土產去給那女人的女兒，就肯定會在那喝到爛醉。以上四點，就是我針對爲何那個女人可以成爲那唯一不令我恐懼困擾的女人所設想的原因。但如果被別人問到「這也就是你們兩人的戀愛形式嗎」，我只會裝傻敷衍地回答「可能吧」。如果男女之間的親密交流全部都算作戀愛的話，那我們應該也可以算是。這個女人從來沒有讓我煩悶過，而對於假惺惺演戲這種事，她也覺得無聊又麻煩。

「妳母親呢？還是老樣子吧。」

「嗯。」

「身體應該還好吧？」

「嗯。」

「還是跟靜江子兩個人住？」

「嗯。」

「妳家在哪？離這近嗎？」

「近是近，但是家裡都沒打掃，很髒的……」

「沒關係，我想現在就去拜訪一下。然後再跟妳母親一起出來，到附近找間料理店好好喝個痛快。」

「嗯。」

她看起來似乎有點沮喪的樣子。我們又走了一段，越看她才越覺得她像個大人了。這孩子是她媽媽在十八歲的時候生下的，而她媽媽跟我一樣是三十八歲，所以……

我開始自我感覺良好了起來。她一定是嫉妒她母親。我便轉了個話題。

「妳買的那本……《艾莉兒》？」

「說到這個，很妙喔——」這招果然用對了，她看起來開朗了些。「那時我才剛上女學校不久，笠井先生來我們的公寓玩，是夏天吧，從你和我母親的對話中一直聽到艾莉兒、艾莉兒這個詞，雖然不懂那是什麼，但很奇怪的，就是忘不了。」像是無法再說下去一樣，她的聲音忽然變小，接著倏地陷入沉默之中。又走了一段，她才像是不得不替剛剛那段話作個結尾般地說：「原來那是一本書的書名啊。」

我無可救藥地自溺了起來。果然是這樣。她母親對我沒有意思，我對她母親也沒有過色情的想法，但是，對女兒來說，或許……我是這麼想的。

她的母親是個不吃美食就無法活下去的人，即便是落魄的時候也一樣，所以在太平洋戰爭爆發以前，就和女兒搬到廣島這片物產豐饒、充滿美食的土地去避難。她們去廣島避難後沒多久，我就收到她母親寄來的風景明信片，上面只寫了短短幾行話。當時我還在過著苦日子，完全沒有心情回信給早早去逃難、過悠哉日子的人，於是這件事就被擱置著，漸漸地我的生活環境有了改善，但五年的光陰似水，我就和這對母女斷絕了聯繫。

然後，睽違了五年，在今晚出乎意料地和我重逢，母親的喜悅和女兒的喜悅，哪一邊的喜悅比較大呢？不知道為什麼，我覺得女兒的喜悅比母親的喜悅來得還要純粹又深刻。如果真的是這樣，那現在我就有必要將自己的歸屬給區分清楚。因為對母親的情感和對女兒的情感不可能對等。從今晚開始，我要背叛母親，和這個孩子站在同一邊，即使母親會露出嫌惡的表情也無所謂。因為，戀愛已經到來了。

「妳是什麼時候搬來這裡的。」我問。

「十月，去年十月。」

「什麼嘛，那不就是戰爭結束後沒多久而已嘛。像靜江子的母親那樣任性的人，一定無法忍耐鄉下生活的。」

我用輕挑的語氣，故意貶了她母親一下，以為可以討她的歡心。女人之間啊，不，只要是人，所有的親子關係其實都是劍拔弩張的。

但是，她卻沒有笑。不論是褒是貶，彷彿開口談論她母親會犯下多嚴重的禁忌。嫉妒心還真強！我自以為是下了這樣的定論。

「不過說來還真是很巧——」我只好又轉個話題：「好像我們是約好了時間在書店等著見面一樣。」

「對呀，真的很巧。」這次她終於順著我的感嘆回話。

我趁著這個氣氛，繼續說道：

「原本我去看了電影打發時間，然後就在那奇蹟發生的五分鐘前進了那家書店……」

「電影？」

「是啊，我偶爾會去看。我看的那部還有馬戲團裡走鋼索的戲，看藝人扮演藝人，演得真好。不管是演技多差的藝人，只要扮演的角色也是藝人，頓時就覺得他演技高超。因為說到底畢竟都是藝人嘛。藝人的悲哀很容易無意識地洩露出來。」

果然，戀人之間的話題只能侷限於電影。不得不承認還是只有這個話題最適合聊。

「啊，你說的那部，我也去看了。」

「就在重逢的那一刻，在兩人之間忽然一個大浪打來，把兩人又分開了。這一段也很精彩。像這種兩人永遠是平行線，總是各自生活、無法交集在一起的情況，在現實人生裡也是很常有的。」

如果無法做到可以把這麼肉麻的事情平鋪直述地說出口，就無法吸引年輕女性成爲戀人。

「如果我早一分鐘從書店走出來，在那之後妳才走進書店，錯過了這次，我們大概永遠，不，至少也有十年見不到面。」

我努力地把今晚的相遇塑造成浪漫的邂逅。

道路又窄又暗，再加上地面泥濘，所以我們兩人無法並肩走著。女孩走在前方，我則把雙手放進薄外衣的口袋，跟在她後面。

「我們已經走了有一條街遠了吧？還是半條？」

「啊，我、我其實不知道一條街大概等於多長……」

其實我也和她一樣，對於距離感的拿捏很遲鈍。但如果對戀愛的距離感也這麼遲鈍的話那可是犯了大忌。我像個科學家似的繼續試著澄清，

「應該至少有一百公尺了吧。」我說。

「可能吧。」

「如果是用公尺來算的話，就會比較有實感了。一百公尺大約等於半條街的距離。」我自以爲是地教她，但仍有些感到不安，暗自試算了一下，結果一百公尺等於約一條街的距離而不是半條街。但我並沒有訂正我的話。滑稽感也是戀愛的大忌。

「不過就快到了，就在那裡。」

我們走到了一間破舊的公寓，穿過陰暗的走廊，左邊第五還是第六間房門旁，寫著代表貴族的姓氏「陣場」。

「陣場小姐！」我對著房門裡頭大喊。

來了。我確實聽見這樣的回答。接著，房門的毛玻璃後彷彿有人影晃動。

「太好了，妳在啊。」我說。

女兒呆然佇立著，臉上頓失血色，歪癟著下唇，突然哭了出來。

原來她母親已經死於廣島空襲。彌留之際還囈語著笠井先生。

女兒獨自一人回到東京。她母親有一位親戚是進步黨的議員，現在她就在那位議員的法律事務所工作。

母親已經過世這件事，她一直找不到時機開口，不知道該怎麼辦才好，只好先帶我到這公寓來。

原來，當我說起靜江子母親的事時，她會突然沉默，是因為這個原因。不是嫉妒，更不是戀愛。

我們沒有進屋，就直接掉頭離開了，來到車站附近的鬧區。

她母親愛吃鰻魚。

掀起暖簾，我們彎腰走進賣鰻魚的攤子裡。

「歡迎光臨。」

只有我們兩個客人是站著吃的，還有一位客人是坐在攤子裡正在喝酒的紳士。

「要大串還是小串？」

「小串的，三人份。」

「好的，請稍等。」

老闆很年輕，看起來是個在東京土生土長的本地人。他啪噠啪噠地用力搧著爐火的樣子，十分有架勢。

「三串請幫我分別放在三個盤子裡。」

「咦?還有一位客人會晚點來嗎?」

「現在這裡就有三個人不是嗎。」我不苟言笑地說。

「什麼?」

「在她和我之間，還有一位面露愁容的美女在這，不是嗎?」這次我也帶了一點笑容說著。

年輕的老闆以爲懂了點我的意思，笑著說：「不，比不上這位小姐。」然後用單手把布帽繫好結戴好。

「喂，有這個嗎。」我用左手模仿喝酒的姿勢比劃著。

「有一瓶上好的。不，比上好還要好。」

「那來三個杯子。」我說。

三盤放著小串烤鰻魚的盤子並列在我們面前。我們沒有動中間的那一盤，而是各自拿起筷子，吃起左右那兩盤。過了一會，在我們面前也排了三杯斟滿酒的杯子。

我拿起一端的杯子，咕嚕一口喝下。

「我幫她喝吧。」

我用只有靜江子聽得見的音量說著，接著拿起屬於她母親的那杯酒，咕嚕一口喝下，然後從懷袋裡拿出剛剛買的三袋落花生。

「今晚我想再喝一點，你吃些落花生，再陪我一下吧。」我仍舊小聲地說。

靜江子點了點頭，在這之後，我們兩個沒再開口說任何一字一語。

我繼續沉默地喝了四、五杯酒，坐在攤子裡的那位紳士和烤鰻魚店的老闆開始大聲閒聊起來。講的都是些無聊至極、沒格調的內容，紳士本人是最覺得這些內容有趣的人，所以笑得最大聲，然後老闆也附和著笑了一下。「我告訴你呀，所以說呢，啊哈哈哈哈哈，那傢伙頭腦很聰明的，他說東京車站就是他家，哈哈哈真是敗給他了，我就跟他說丸之內大樓是我小老婆住的，這次換他輸給我了。」這種完全不有趣也不好笑的對話一直持續著，我對這位沒幽默感又亂講話的日本醉漢已經感到厭煩了，不管那位紳士與老闆笑得多開心，我連微笑都沒有，只是一味地喝著酒，看著攤位旁川流不息的年末人潮從我眼前走過。

紳士轉頭往我這裡望了一眼，然後也順著我的視線，和我望向同樣方向，看著攤子外的人流，突然大喊：

「Hello —— Merry……Christmaaaas！」

美國士兵從眼前走過。

我被紳士這無緣無故的詼諧舉動給逗得笑了出來。

被叫住的士兵感到莫名其妙，頭也不回地大步走去。

「把這串鰻魚也吃掉吧。」

我拿著筷子，指向僅剩的中間那盤鰻魚。

「嗯。」

「一人一半。」

東京還是老樣子。跟以前一樣，一點也沒變。

初出：《中央公論》
一九四七（昭和二十二）年一月
汀汀譯　二〇一〇年十月

逗點先生的聖誕禮物／亂舞罐頭

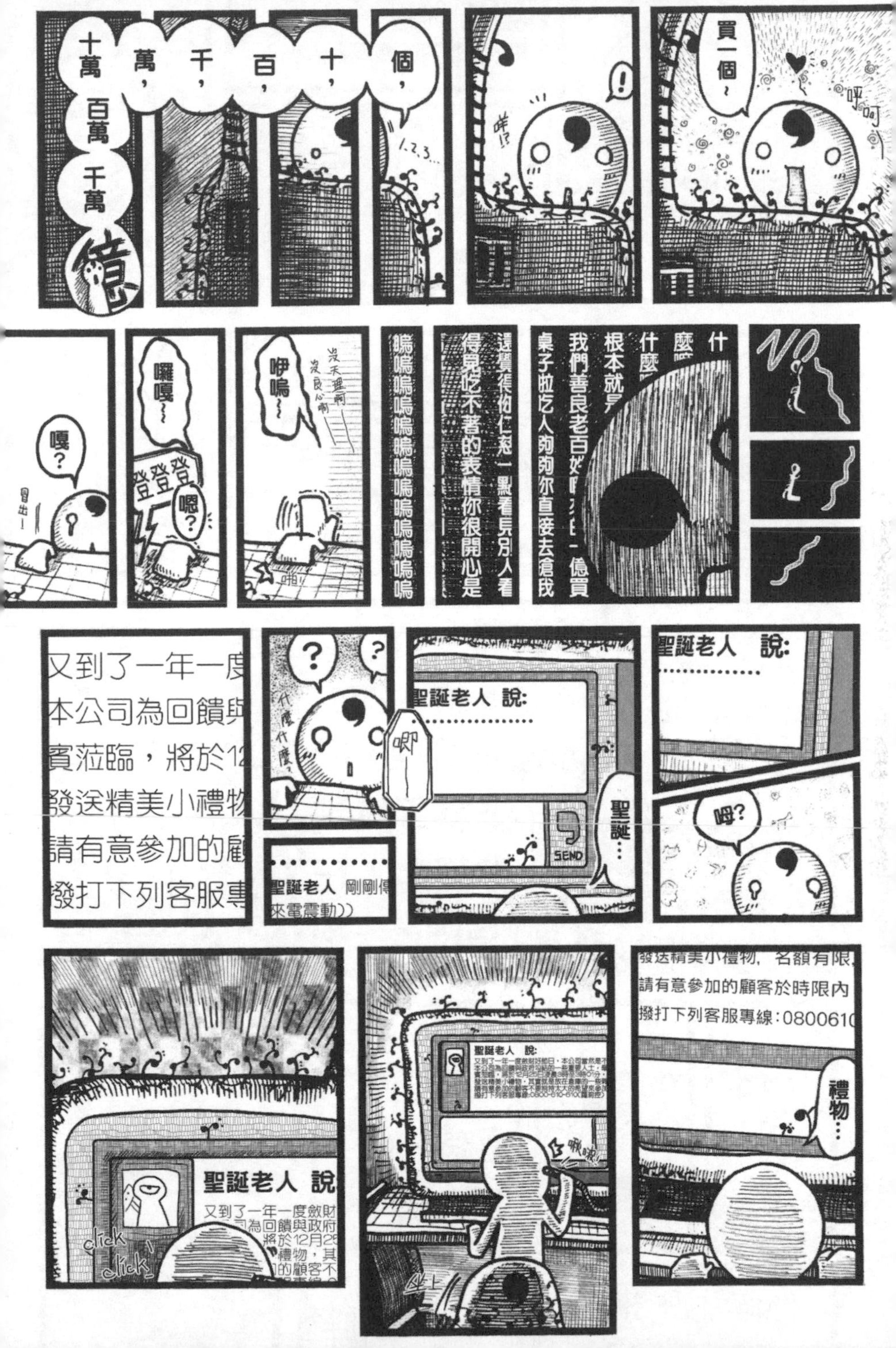

買一個~
呼呵
!
咩!?
個，
1,2,3...
十，
百，
千，
萬，
十萬，
百萬
千萬
億
什麼
什麼
根本就
我們善良老百姓
億買
桌子啦吃人夠夠爾直接去戧
還覺很假仁慈一點看見別人看
得見吃不著的表情你很開心是
嗚嗚嗚嗚嗚嗚嗚嗚嗚嗚嗚嗚嗚嗚嗚嗚嗚嗚嗚嗚嗚嗚嗚
咿嗚~~
沒天理啊
沒良心啊
啪!
囉嘎~~
登登登
嗯?
嘎?
冒出一
又到了一年一度
本公司為回饋與
賓蒞臨，將於12
發送精美小禮物
請有意參加的顧
撥打下列客服專
?
?
什麼什麼
唧—
聖誕老人 剛剛傳
來電震動))
聖誕老人 說:
SEND
聖誕…
聖誕老人 說:
呣?
聖誕老人 說
又到了一年一度斂財
司為回饋與政府
將於12月25
禮物，其
的顧客不
click
click
聖誕老人 說:
啾啵!
坐上
發送精美小禮物，名額有限，
請有意參加的顧客於時限內
撥打下列客服專線：0800610
禮物…

嗯!?
逗點 說:
請問你是真的聖誕老人嗎?
登登登
奇怪…
逗點不知道我在打工嗎?
斯斯
?
……
……
……
click
click
聖誕老人 說:
……對啊………
來亂的是吧。
嗯
這是在…
什麼跟什麼
……
斯斯
逗點 說:
那你會來我家嗎?
要人幫忙搬桌子嗎
喔喔~
是真的~
呃—
……
煩燥 煩燥
煩燥 煩燥
click
click
逗點 滔滔不絕的說:
那個啊,
就是,我,我很
你送我禮物,但是
孩不能當面見到你
,你都是,在
爬煙囪吧,所
禮物
禮物
click
click
嘿唷!?
什麼什麼
登登登
呀嗶—
啊,下班了。
禮物……
…你沒有…
因為…你不
乖孩子……
好小孩才有
你……壞胖
!!
登登登
聖誕老人 說
……噓……安
禮物……
怎麼這樣~
…你變乖再來找我

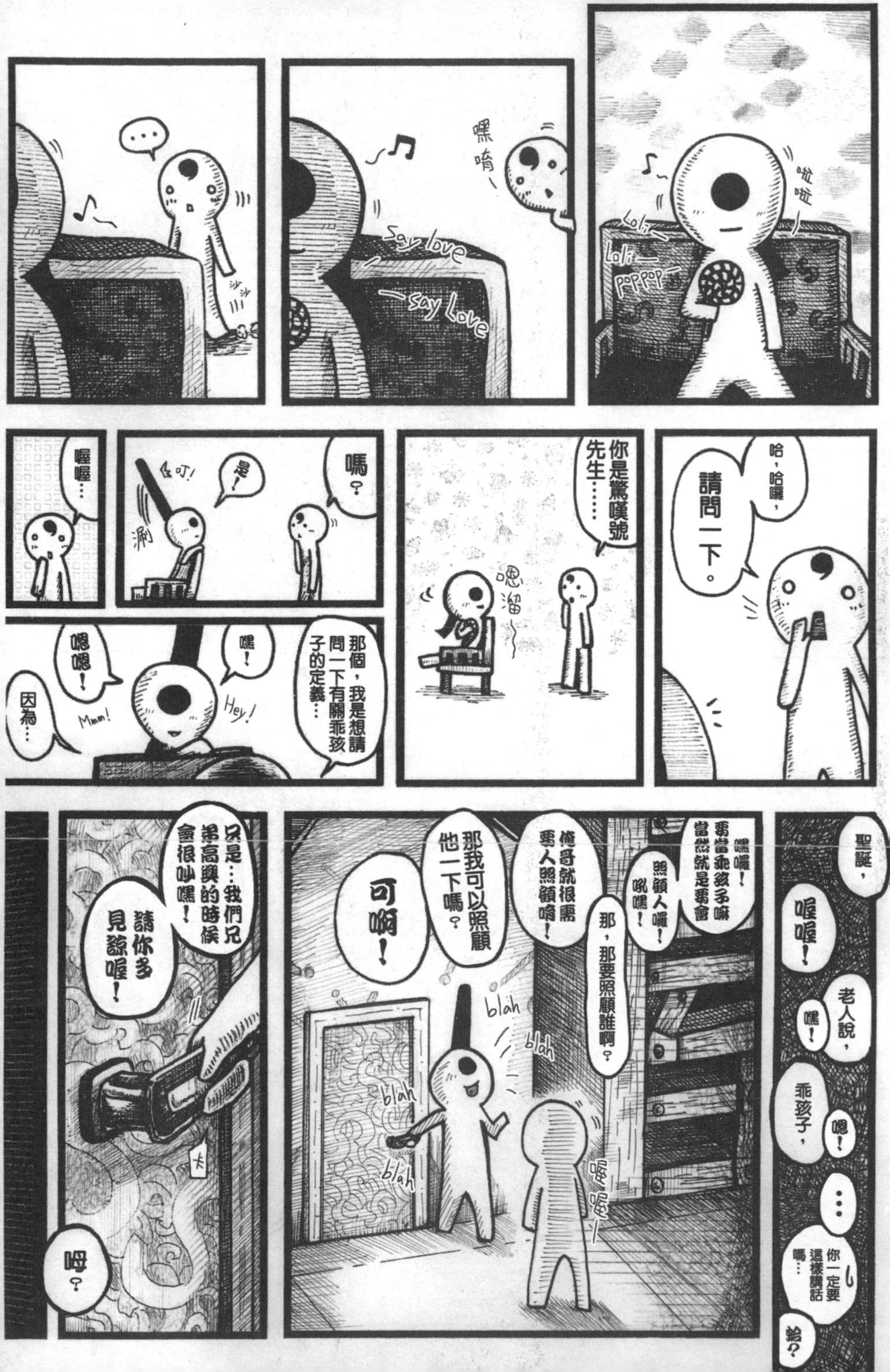
啦啦
Loli— Loli— pop pop—
嘿唷
say love
say love
……
沙沙
哈，哈囉，
請問一下。
你是驚嘆號先生……
嗯溜~
嗎？
是！
叮！
涮
喔喔……
那個，我是想請問一下有關乖孩子的定義…
嘿！
Hey!
嗯嗯！
Mmm!
因為……
聖誕，
喔喔！
老人說，
嘿！
乖孩子，
嗯！
…
你一定要這樣講話嗎…
蛤？
嗯囉！要當乖孩子嘛當然就是要會
照顧人囉！吼嘿！
俺哥就很需要人照顧唷！
那，那要照顧誰啊？
那我可以照顧他一下嗎？
可啊！
blah blah blah blah
喔喔—
只是…我們兄弟高興的時候會很吵嘿！
請你多見諒喔！
卡
呣？

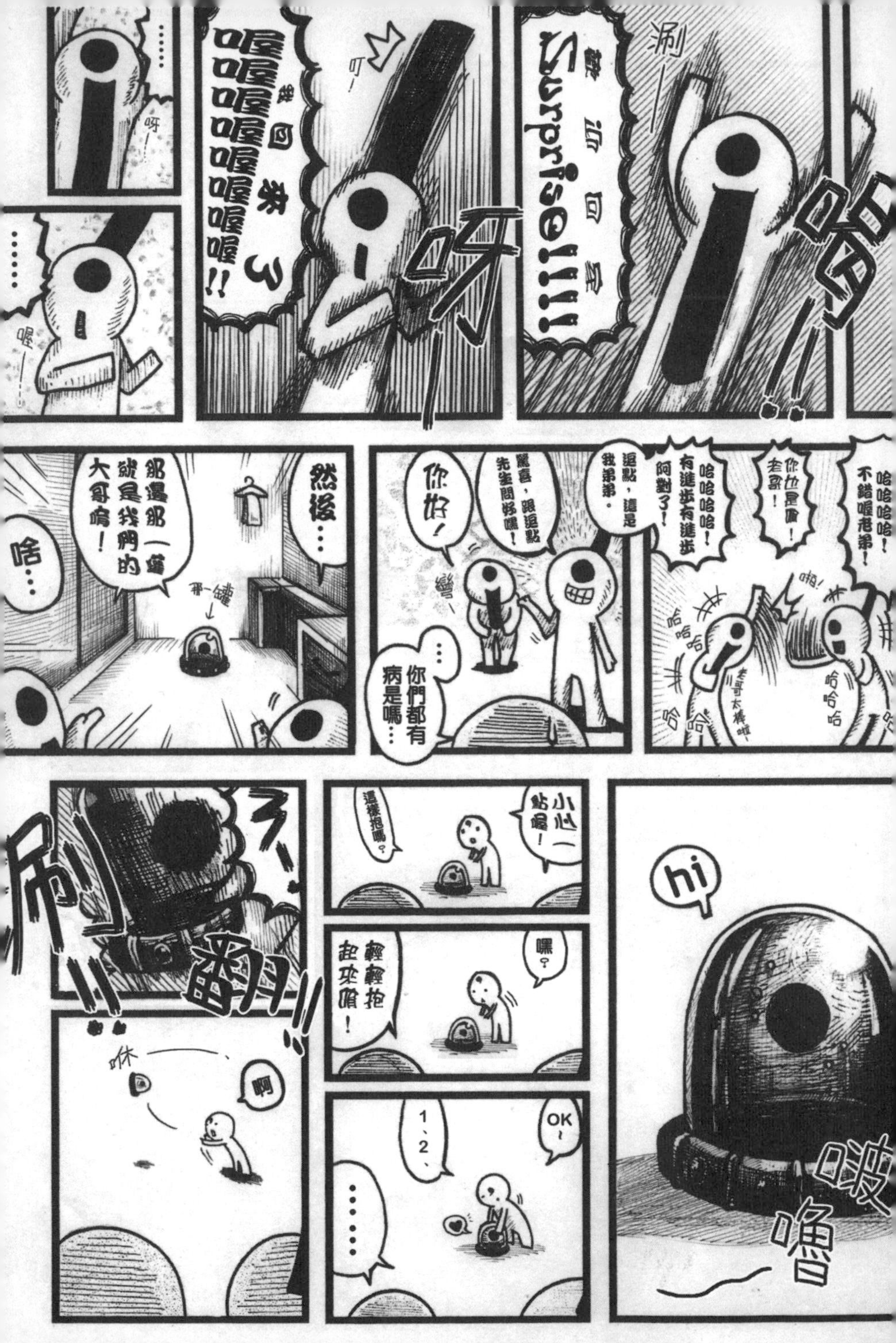
唰—
嗚!!
歡迎回家
surprise!!!!!
叮—
呀!
我回來了
喔喔喔喔喔喔喔喔喔喔喔喔喔喔!!
……
呀……
……
喔……
哈哈哈哈!不錯喔老弟!
你也是喲!老哥!
啪!
哈哈哈
哈哈哈
老哥太棒啦~
哈哈哈哈!有進步有進步
阿對了!
這點，這是我弟弟。
驚喜，跟這點先生問好嘛!
你好!
彎~
……
你們都有病是嗎…
然後…
那邊那一罐就是我們的大哥唷!
罐~
啥…
hi
啵嚕~
小心一點喔!
這樣抱嗎?
嘿?
輕輕抱起來唷!
OK~
1、2、
……
ㄋ~
刷!!
翻!!
咻
啊

!!
啪!!
啪啦!
起彈
滾滾滾…
咚!
伊呀啊啊啊啊!!
嘎啊啊啊啊!!
大哥啊啊啊啊啊!
他們好高興喔…
叫好大聲
爆汁啦!!
多美的聲音
那是感恩與歌頌
原來這就是當乖小孩的感覺…
被治癒了
啊—
叮!
大哥!大哥你振作點啊!
爛掉啦!
啪答
叫醫生啊!叫醫生啊!
啊—
救命啊—
有誰需要照顧呢…

…
發現目標——
問號先生…
寫寫
轉—
你需要…
照顧嗎？
我要當乖小孩，這樣才有禮物。
轉
你有甚麼需要幫忙嗎？
抓抓
抓抓
…
抓抓
算了，跟你講話根本就是浪費頁數……
呣哈哈，乖小孩也是要休假的呀，
呣哈——好幸福——
蛋糕是最能補充人體營養的，
俗話說蛋糕一尺年糕一丈，
我不貪心，我吃一尺的就可以了，
救命啊！
嗯？
呣嗯~
嚼

不，不要啦~
住手！不要吃啦！
卡卡卡卡
啊呀！
我的稿子！
被句點了
啊啊啊啊啊啊啊啊啊！
誰來救我啊！
嗯？
沒有華麗的裝束，
噹!!
沒有老練的經歷，
鏘！
今年才剛出生的，
乘著你心底呼喊而來，
逗點超人來也！
Yo!
bling
bling
bling
bling
bling
鏘！
都沒人跟他說他這樣哪裡怪怪的嗎……
有花~
有花~
bling
bling
不太對吧……

別擔心！交給我吧！
看看我可靠的背影
叮！
我覺得你比較令人擔心⋯⋯
玩具！
聖林！搬家！
嗖！
詩，三連發！
刹
叮！
哇刹！
嗖！
咻一
刹刹刹刹！
Ooo—
刷—
啪！
咚！
咚
刷刷刷刷
不用謝我！
我只是為了我的桌子！
GOOD Job！
叮！
哈哈哈哈哈哈哈哈哈哈！
刷—
嘶—
什麼東西⋯⋯
⋯
桌子？
啵噗！

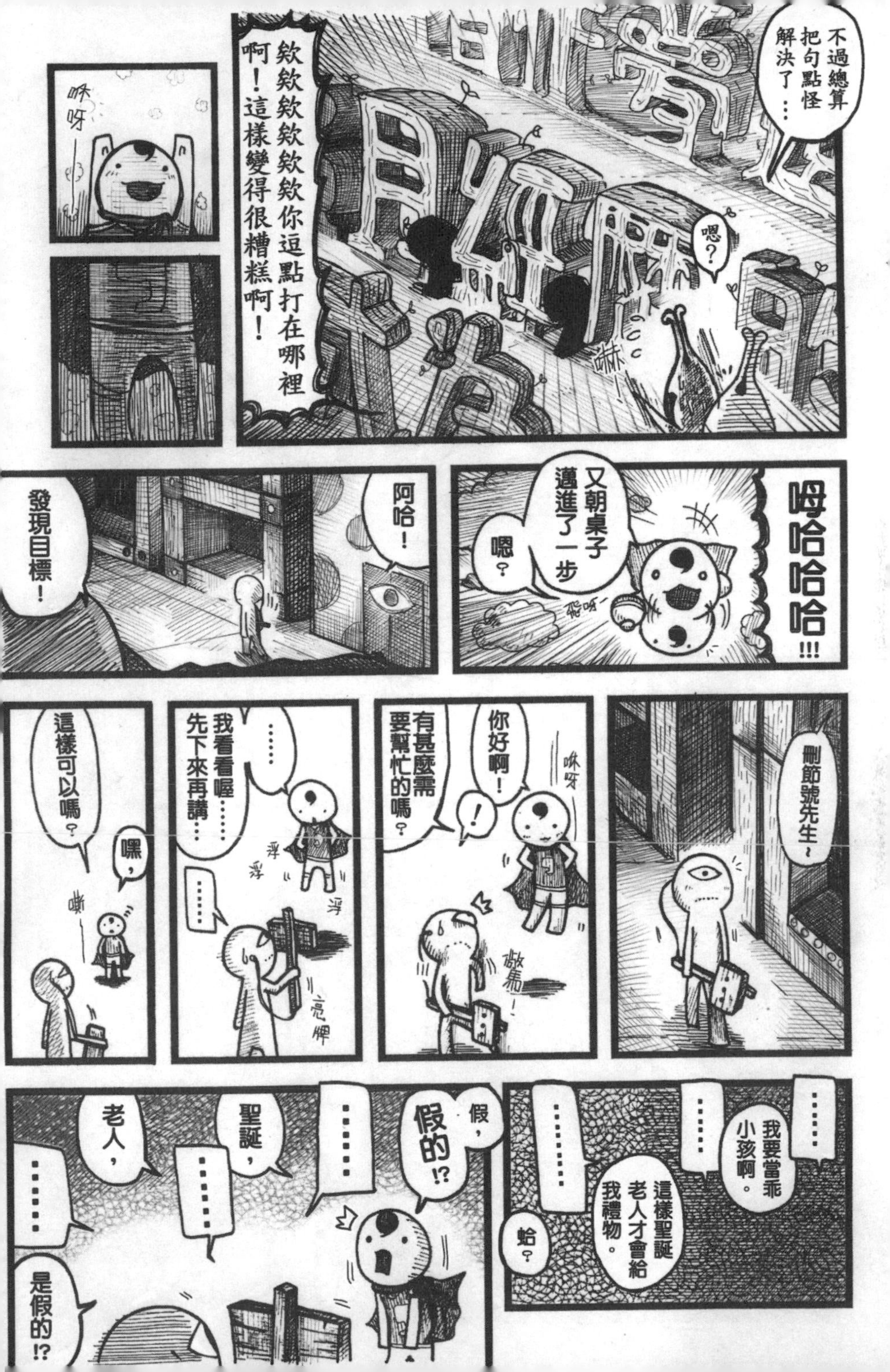
不過總算把句點怪解決了……
嗯？
欸欸欸欸欸欸你逗點打在哪裡啊！這樣變得很糟糕啊！
咻呀——
呣哈哈哈!!!
又朝桌子邁進了一步
嗯？
阿哈！
發現目標！
刪節號先生~
咻呀
你好啊！
！
有甚麼需要幫忙的嗎？
……
我看看喔……先下來再講……
……
浮
浮
浮
亮牌
這樣可以嗎？
嘿，
……
我要當乖小孩啊。
……
這樣聖誕老人才會給我禮物。
……
蛤？
假，
假的!?
……
聖誕，
……
老人，
……
是假的!?

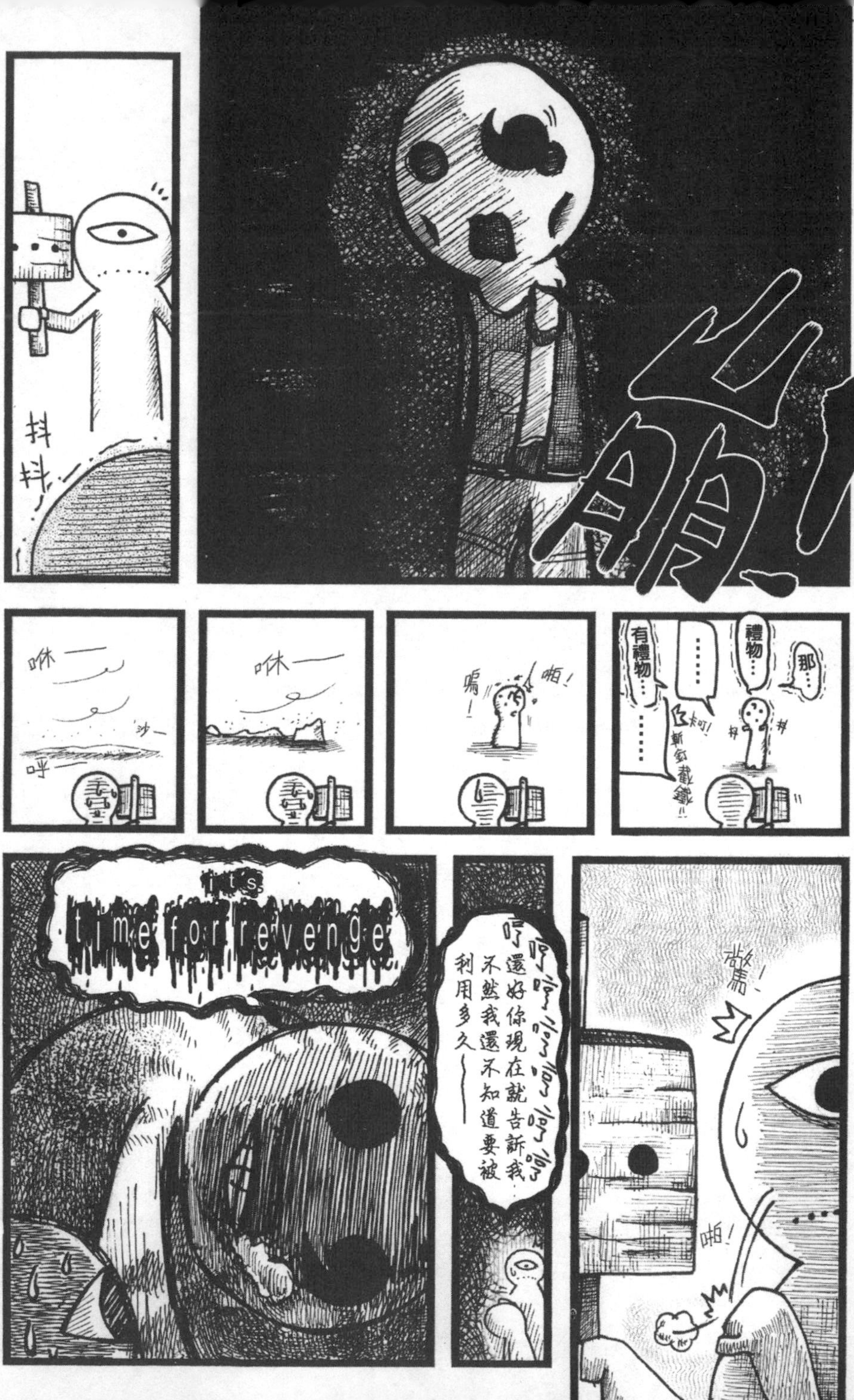
抖抖
崩!
咻——
沙—
呼——
咻——
嗚!
啪!
有禮物……
……
……
禮物…
那…
卡叮!
斬釘截鐵!!
its
time for revenge
哼哼哼哼哼哼哼
還好你現在就告訴我
不然我還不知道要被
利用多久——
驚!
啪!

嗖嚕—
不痛不痛，三年忍忍……
換我抱 換我抱！
摸摸
啪！
叮！
咻！
敢利用我……
嗡—
歡迎收看「夾縫中的人生」！我是主持人下引！
大家午安！我是上引！今天很榮幸的邀請到已經……
啊—
噹！
啪啪啪—
我才是主角！
……
你們憑甚麼那麼大牌！
啪刹！
刹!!
嘿唷；
……你有意見嗎冒號豬？
噗!?
一點創意都沒有的角色還敢出聲！
喂~
這不是逗點嗎？
嘿—
揮手
嘶啊~

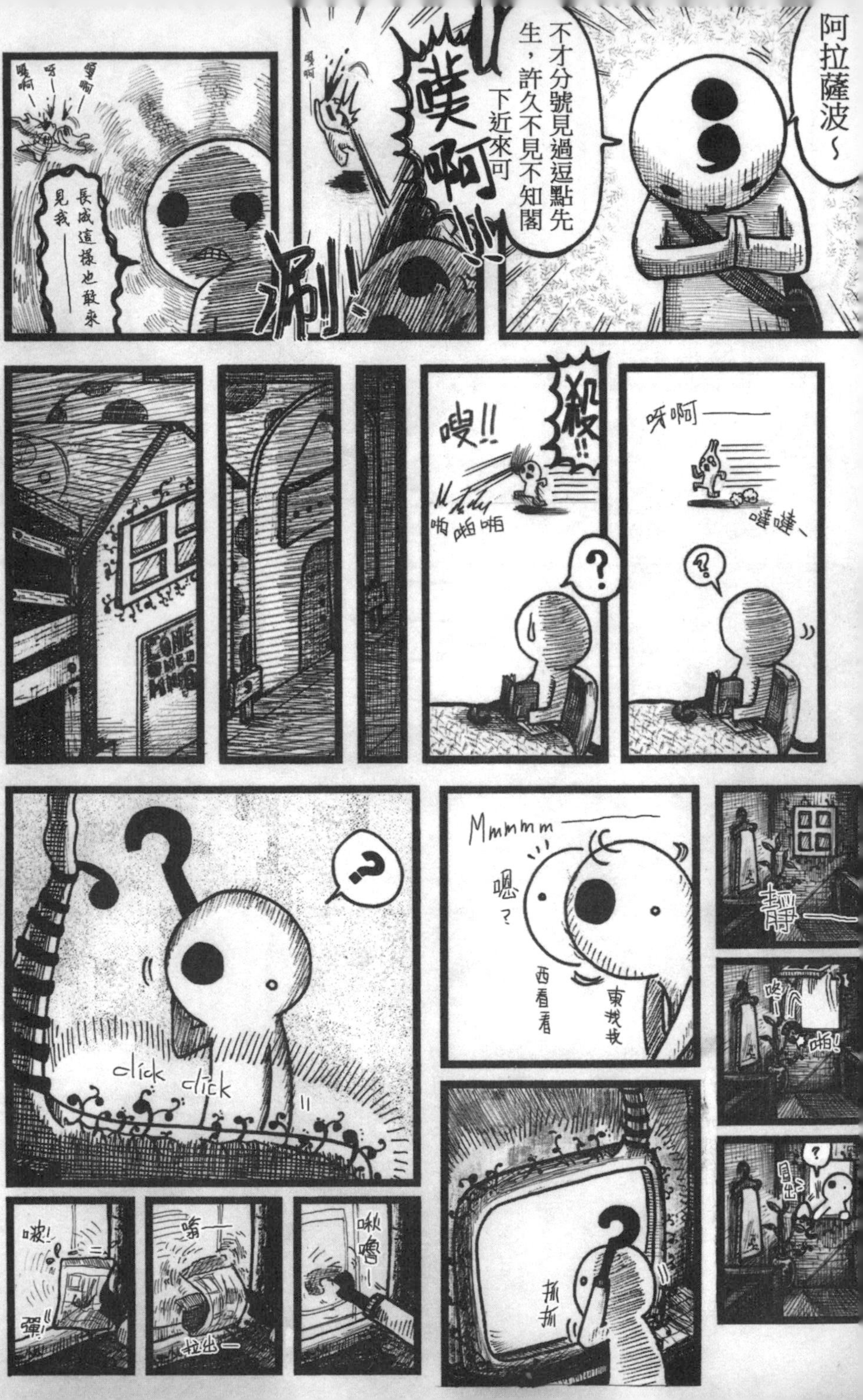

阿拉薩波～
不才分號見過逗點先生，許久不見不知閣下近來可
嘆啊!!
刷!
長成這樣也敢來見我——
呀啊——
噠噠～
?
殺!!
嗖!!
啪啪啪
?
?
Mmmmm——
嗯?
西看看
東找找
靜——
咚～
啪!
?
冒出～
click click
抓抓
啾嚕～
躺——
拉出——
啵!
彈!

…
嗯!?
給—
嗚啊—
嗯?
沙—
悄悄地
偷偷地
咻啊
…?
涮
咚!
?
?
?
沙!
?
給—
¿
啊?
好啊?
你在說甚麼聽不懂啦?
剎!
剎!
??
剎!
剎!
叮!
嘛 我說錯人了
不過那不重要,你這用標楷體講話的傢影馬上就要離開這本書了~
以後要不要多買書啊你!!
剎!
咚!!
涮涮—
咿呀啊啊—

嗯？
…
醒了！
雖然是臨時趕出來的…
歪七扭八～
破爛
Surprise!!
這是大家送你的聖誕禮物喔!!
…
嘎吚—
啾溜
嘎吚—
鏘!
SOR
抓
抓
花是我們種的！
花
噹!
是我設計的喔！
呵呼
呷哈——
噢!
咻!
飛~
唰!
咻溜—
嗡—
哈—
…
亂七八糟

蹲
你們這些笨蛋！
飛撲—
嗚…
愛死你們了啦！
你們大家…大家都…
聖誕快樂啦！
嗯？
……
喔喔～
哇剎！
聖誕老人也許是假的，聖誕節也未必是真的，但這份友情無比真實。
逗點先生祝大家…聖誕快樂！

作者介紹

太宰治
本名津島修治，昭和時代代表性小說家，「無賴派」文學大師，素有「東洋頹廢派旗手」之稱號。出身青森縣北津輕郡的知名仕紳之家。1935年《晚年》一書中作品《逆行》列為第一屆芥川賞的候選作品。結婚後，寫出了《富嶽百景》及《斜陽》等作品，成為當代流行作家。1948年6月13日深夜與崇拜他的女讀者山崎富榮跳玉川上水自殺，得年39歲，留下了《人間失格》等作品。

王離
腦工人。

印卡
尋找金援補完《Rorschach Inkblot》。

田亥
一半是光一半是鏡，偶爾在A夢境談論B夢境的悲喜。

汀汀
高雄人，現居台北，1984年生，牡羊座B型，曾任職日商三年餘，目前任職於IT業。

沒有鮮乳
Alan，終日與行政工作奮鬥的偽公務人員一枚，已經被榨乾了所以沒有鮮乳，希望有天可以往偉大的航道邁進。

李雲顥
1985年生，天蠍座。實習小說家和實習詩人。時常感受到極端的情緒，在狂喜和大悲之間來回游走。屬聖也屬魔，愛美也愛醜；是瘋子也是神經病，既老成又幼稚，合為一矛盾卻統一的二極體。從小就不相信聖誕老人，卻在圍巾和冬日街道之間感受濃濃的幸福。最想說一句很俗又很噁心的話：「聖誕快樂，一定要幸福哦！」

何亭慧
畢業於東華創作所、元智中語系。現任職中央社。曾獲林榮三文學獎、教育部文藝創作獎、葉紅女性詩獎等。獲文建會、國藝會獎助出版詩集《形狀與音樂的抽屜》、《卡布納之灰》。

何俊穆
台東人，喜歡寫字看海踢足球。

阿丹
年紀一大把，卻還不夠老，在熟成與稚嫩間擺盪著。小時候，希望自己快點長大，長大了，偏又希望能不那麼快變老，我是一個貪心的人類。

林傑
1986 台北出生 台中人
小時候的夢想是開文具店，現在在賣文具，但好像也沒有那麼有趣
爸爸是軍人，媽媽是插花老師。但他們也都在做其它的事情了
仍然在練習寫一手好字，想看的表演清單仍然一長串
拍著有時候都不太滿意的照片，試著讓照片與生活一樣美好
你好，我叫林傑。沒有甚麼中間那個字．
www.flickr.com/photos/jasonpufy11

枚綠金 Mélusine Lin
詩人，學者。詩集《聖謐林》（Poems of the Sacred Wood）；專書譯註《黑太陽》（Soleil noir，法文，原著 Julia Kristeva，附譯者導論：憂鬱詩學）

神小風
七年級少女，擁有《背對背活下去》與《少女核》兩個怪異但可愛的孩子，如今每天在花蓮一邊幻想一邊尋找漂泊的湖。

連明偉
法名常良。性憂傷，不喜笑，年少的日子總踟躕。

馬千惠
在台北，也行走也生活，喜歡世界但不喜歡自己。目前正處在學習與自己生活的狀態中。

袁兆昌
袁兆昌，嗜寫如命，命在報章與近著《大近視》內，命在網上 http://openy.net

徐至宏
台中人，自由插畫家，作品散見於報章書籍雜誌。喜歡用插畫紀錄生活，一張插圖，可能是在剛與朋友聊過天後的沉澱，一場旅行所帶來心境上細微的變化，而造就出不一樣的色彩、線條，對我來說，「我的工作，是體會生活」。就像面對人生一樣勇往直前，體驗生活、充實自己是畫圖最重要的事情，希望未來能夠畫出更多有深度的作品。
個人網站
http://www.streetvoice.com/energy362
http://www.flickr.com/photos/hom740604/

徐嘉澤
高雄人，屏東師院學院特殊教育研究所畢，現任高職教師、耕莘青年寫作會成員，作品曾獲時報文學獎短篇小說首獎、聯合報文學獎散文首獎、國藝會創作出版補助、高雄文學創作補助等，著有短篇小說集《窺》（基本書坊）、《大眼蛙的夏天》（九歌文化）、《不熄燈的房》（寶瓶文化）；散文集《門內的父親》（九歌文化）；長篇小說《類戀人》（基本書坊）

徐旻蔚
興趣是聽風看海淋雨／喜歡的早餐是家樂氏香甜玉米片泡牛奶，還有加了洋蔥的鮪魚蛋三明治／朋友好像不太多，大概是因為不愛聽雙J的關係／遊走宅女和現實的邊緣，遇到陽光會融化／最喜歡的遊戲是信長之野望online／希望自己不是草莓族，卻是別人口中不折不扣的爛草莓／2010年四月她的老公娶了這顆爛草莓回家，目前職業是躺在床上的過期草莓

孫得欽
學著生活、愛、學著不害怕時間。雖然本來最想學的是拳擊。

孫梓評
1976年生。上一次捐血好像是很久以前的事了——偶爾會突然懷念起那種晴朗的早晨，挽著袖子從捐血車裡離開的感覺。

陳阿怪 Ziv Chen
高雄人，宜蘭流浪中。我是我所不知道的。膚淺的傢伙
http://www.flickr.com/photos/zivchen1980/

陳夏民
大家好，我是逗點人。

陳育萱
金恩說：「人們扮演英雄，那是因為我們都是懦夫；扮演聖人，那是因為我們天性邪惡；扮演殺人魔，那是因為我們想殺人想得要命；愛玩角色扮演，那是因為我們天生就是騙子。」
——J.P. Sartre
一個嗜夢者經營 blog 針尖上的午夢：http://blog.roodo.com/okeeffe/

黃羊川
沉陷於工作、論文與文字當中，不知該如何平衡，於是失衡地持續寫著，一些東西。目前為政大社會學系博士候選人，曾獲教育部文藝創作獎散文佳作、吳濁流文藝獎散文及新詩佳作，與若干校內文學獎。有任何誤解的話，可至「釣魚無一尾」或「野地空翻」參觀。曾出版詩集《血比蜜甜》、《博愛座不站》。

黃默默
「這傢伙又來了啊。」老是聽到別人對我這麼說。「要你管嗎？」這種話則是再怎麼想講都說不出口。沒有意外的話墓誌銘會是「天有不測風雲」。「你怎麼可能會有什麼墓誌銘。」旁邊有人說。

黃瑜婷
1982年生，東華大學創作所畢業，現為羅東高中教師。唱歌的時候與戴奧尼索斯同在，創作的時候遇過日神阿波羅。喜歡手洗衣物，太陽曬過的背影，每個假期開始的那一天。缺點是不容易害羞，比較容易歇斯底里。

黃彥霖
養兩隻貓，做很多夢

葉覓覓
東華大學創作與英語文學研究所、芝加哥藝術學院電影創作藝術碩士。2004年，漆出一本漆黑。2010年，車出一本越車越遠。以詩錄影，以影入詩。夢見的總是比看見的還多。每天都重新歸零，像一隻逆流產卵的女鬼或鮭魚。

雍小狼
幻想與記憶的互相滲透，此處於攝影中凝格。http://littlewolfzooka.tumblr.com/

曾谷涵
平頭鬼。苗栗通霄人，現職逗點文創編輯。偶像是吳俞萱跟顏一立。

楊佳嫻
1978年生，高雄人。台大中文博士。曾出版三本詩集，兩本散文集。對聖誕節不抱好感。曾在上海世博芬蘭館猶豫是否要買馴鹿皮。

雷獸
潘雷獸
慵懶上班族與過期大學生
四處走拍的亟需節食饕客

亂舞罐頭
直到死在稿紙上之前都不夠。

劉芷妤
一枚精靈，來自B612星球。
擁有擅長跌倒迷路的鷺鷥腿一雙。
容易被自己哭濕的翅膀一對。
尾端分岔嚴重的飛行掃把一支。
沒得商量的熱情壞脾氣一副。
堅決信仰愛與正義，並且是基本教義派狂熱信徒。
反對任何童話以外的理論。
江湖人稱小黃蓉
畢業於魔法與想像力學研究所。
主修童話變形咒、抗現實星象與不跌倒走路學。
領有業餘女巫與寧芙七級執照。
現任 Never Land 駐現實辦事處代表

鄭聿
聖誕節，放假縱慾、意識混沌的第一天，狂歡至跨年剛好七日。第七天早晨一清醒，總有種已然創世更生的安息完善之感；每逢此時我又得自介一次——
大家好，我是萬物的萬分之一。

鄭哲涵
現居於台北，並於某商場內輪值早晚班。閒暇時寫詩、小說，或組裝鋼彈模型。不常出門，也聽不懂英文。最想收到的聖誕禮物是世界末日。

翰翰
「就是沒有你。」

鯨向海
醫學系畢，目前於精神科服務。個人網站：http://www.wretch.cc/blog/EYEtoEYE
著有詩集《通緝犯》、《精神病院》、《大雄》，散文集《沿海岸線徵友》。

世界末日 最終大魔王

環保人士說：請大家計算自己的碳足跡，愛地球。
科學家說：人類緊張兮兮的那些天象異變，地球根本不在乎。
佛家說：生住異滅，成住壞空
神秘宗教教主說：我與外星人接觸過兩次，他們就要攻佔地球了。
衣衫襤褸的地下道流浪漢說：我就是救世主。

還有什麼攸關人類存亡的話語讓你在乎？
身而爲人，如何看待世界末日？
請運用你無邊無際的想像，創造一個毀滅來臨的世界，而你就是那個讓世界繼續存在的關鍵人物！那針對你而來的最終大魔王會是什麼？

無論科幻奇幻、靈異鬼怪、武俠愛情、冷硬知識，或是最寫實的生活境況，統統不管。
詩小說散文圖畫攝影甚至最精闢的研究報告也任由你處理。
只要能看見世界末日的最終大魔王，什麼都可以。

來稿請投 commabooks@gmail.com
徵稿活動 2011 年 6 月 30 號截止。給我們一點時間迎接 2012。
作品獲刊者，逗點將致贈本書一本作爲謝酬。
作品版權歸作者所有，逗點擁有刊載使用權（僅使用於本書及本書相關行銷活動，不得轉讓）。